POR
QUE?
NÃO

VILMA GUIMARÃES ROSA

POR QUE NÃO?

Prêmio Afonso Arinos
da
Academia Brasileira de Letras
1973

2.ª edição
revista pela autora

EDITORA
NOVA
FRONTEIRA

© 1985, by Vilma Guimarães Rosa

Direitos de edição da obra em língua portuguesa adquiridos pela
EDITORA NOVA FRONTEIRA S/A
Rua Maria Angélica, 168 — Lagoa — CEP: 22.461 — Tel.: 286-7822
Endereço telegráfico: NEOFRONT — Telex: 34695 ENFS BR
Rio de Janeiro, RJ

Revisão tipográfica:
Izidoro Rangel Martins
Edilson Chaves Cantalice
Uranga

CIP-Brasil. Catalogação-na-fonte
Sindicato Nacional dos Editores de Livros, RJ.

R788p
2.ed.
Rosa, Vilma Guimarães, 1913-
Por que não? / Vilma Guimarães Rosa. — 2a ed., rev. pela autora. — Rio de Janeiro : Nova Fronteira, 1985.
(Romances brasileiros)

Bibliografia.

1. Contos brasileiros I. Título II. Série

85-0809   CDD — 869.3

'A infância. Os avós. Os anjos. Tudo tão longe...'

Às Vovós Chiquitinha e Julia
Aos Vovôs Antônio e Florduardo

*que me fascinaram, desde a infância,
com suas belas estórias.*

DA AUTORA

ACONTECÊNCIAS: 1. ed. Rio de Janeiro, José Olympio, 1967; 2. ed. 1968; 3. ed. 1982; 4. ed. Nova Fronteira, 1985.

SETESTÓRIAS. Rio de Janeiro, José Olympio, 1970.

SERENDIPITY. Rio de Janeiro, José Olympio, 1974.

CARISMA. Rio de Janeiro, José Olympio, 1978.

CLIQUE! Rio de Janeiro, José Olympio, 1981.

RELEMBRAMENTOS: JOÃO GUIMARÃES ROSA, MEU PAI. Rio de Janeiro, Nova Fronteira, 1983.
   Prêmio Ensaio Biográfico do PEN Clube do Brasil (RJ)
   Prêmio Joaquim Nabuco da Academia Brasileira de Letras

SUMÁRIO

- **DUAS CASAS**
13 a 29

★

O HOMEM QUE AMAVA GENTES
31 a 43

★

DESDE E ATÉ
45 a 55

★

VAMOS NADAR, QUERIDA?
57 a 79

★

CAI FACEIRA
81 a 90

★

O MUNDO JÁ ERA VELHO...
91 a 113

★

MINGAU DE AVEIA E ARENQUE MARINADO
115 a 155

★

A CHAVE
157 a 168

Sinhá de Azul
169 a 176

★

A Cruz na Pedra
177 a 188

★

Assoviando Pela Boa Sorte
189 a 193

★

O Recado de Bisavó Isabel
195 a 204

PREFÁCIO

Vilma Guimarães Rosa já se impôs entre nós por sua devoção às coisas literárias. Superou a grave crise ética e estética sob a qual se lançou: filha de um ser sagrado como era — e é — Guimarães Rosa, fazia-a duplamente suspeita: se de forte capacidade criadora, não iria faltar quem insinuasse a presença paterna em seus escritos; se de forte capacidade mimética para com o mesmo ser sagrado, não iria faltar quem ressaltasse a sua subordinação, dependência e epigonismo.

Vilma teve total lucidez a tais respeitos. É assim que, desde os primeiros escritos seus publicados, seu trabalho literário se fez marcar por traços linguageiros e estilísticos que contrastavam com os paternos ou pelo menos muito se distanciavam dos dele. Era uma difícil operação, quando se leva em conta o intenso e justo orgulho filial que a animava e a anima sempre. Mas seu amor das letras soube conviver com o seu amor paterno, o amor filial e a diferente criação dos ambientes literários dele e dela.

Os contos que ora se publicam em segunda edição, se não lograram repercussão crítica mais conspícua, mereciam mais grata aceitação, que certamente ocorrerá agora, por parte dos seus fiéis leitores: são Vilma em pessoa, na doçura da linguagem, na afetividade humana e convivial, na graça do dizer: são femininos sim, mas sem polêmicas nem antífrases, sem recalques nem reptos, sem medos nem agressões. Fluem, límpidos. Sua é uma linguagem que capta com donaire, com leveza, com certeza, com amorosa identidade toda uma temática humanizadora, com a qual se convive, da qual se deriva um intenso sentimento de simpatia, durante cuja leitura se mantém aflorado um sorriso de conivente concordância.

É uma alegria ver Vilma crescer literariamente, aspirante — que tem todo o direito de ser — das glórias paternas. Que os manes a continuem a abençoar.

Rio de Janeiro, 19 de agosto de 1985

Antônio Houaiss

POR QUE NÃO?

DUAS CASAS

DUAS CASAS

ELA amava as duas casas. Era importante revê-las, vivificá-las, fazê-las recuar alguns muitos anos, regredir no tempo das lembranças.

Cada visita à sua terra, visitava-as também. Tomava um táxi e pedia humildemente, sem mesmo saber por que humildade, nesses momentos:

— Devagar, devagarzinho, por favor. Como se o senhor estivesse dirigindo um bonde.

E ela estava de novo no bondinho, subindo a ladeira de Santo Antônio. Cumprimentando velhos conhecidos, dando e recebendo sorrisos. A visão tranqüila das outras casas de jardins folhudos e floridos. Nas portas, quase sempre alguém à espera de alguém. Maridos voltando do trabalho, o jornal debaixo do braço, um embrulho qualquer nas mãos. Jovens de uniforme, pastas estourando de livros e cadernos. Engraçado, ela só se lembrava de maridos e filhos voltando. As mulheres não pareciam sair muito de casa...

Mas ela e a Avó, ah, elas saíam. Tão arrumadinhas, tão animadas com a idéia de verem o vibrante Nelson Eddye estufando o peito para uma envolvente Jeannette Mac Donald. Comédia, não. Vovó não suportava as irreverentes gargalhadas da platéia. Preferia estórias românticas, dramas com finais emocionantes. E musicais. A elegância do Fred Astaire, rodopiando abraçado à graciosa Ginger Rogers. O Picolino!

Eta bondinho mole, anda mais depressa! Daqui a pouco já vai começar a sessão. Vovó não gosta de entrar no meio do jornal-documentário. Haveria naquele filme os beijos que não acabavam mais do galã de olhos semicerrados, nas beldades com boquinha em forma de coração? Grudar os lábios nos lábios de um grande amor seria assim tão bom? Por que impróprio para menores? Beijo, coisa bonita ou indecente? Quando fosse grande, ia experimentar. Enquanto isso, aprendia, olhando. E mastigava pipoca amanteigada.

Saía do cinema com os olhos e o coração piscando.

Bendita 'permanente', válida para qualquer cinema, renovada a cada ano. Vovó ganhava tanta coisa de presente... Vovó muito importante. Entravam de graça, o porteiro dobrando o corpo para a frente, numa espécie de reverência, meio parecida com as que ela tinha de fazer para as freiras, no colégio.

Sessão das seis. Fabuloso, sair da escuridão e ganhar os reflexos dos anúncios luminosos, que faziam uma festa de luzes douradas. Tomar parte no movimento de gente grande, Vovó empunhando o *lorgnon* com imponência de rainha. Ela bem poderia fazer o papel de rainha, num filme cheio de valsas e candelabros acesos... Mas sem beijos. Só beija-mão.

O povo se mexendo e se esbarrando, indo e vindo na Avenida com o nome da Família.
— Só gente importante tem nome de rua, Vovó?
— As ruas é que recebem nomes de gente, meu bem.
O sorrisinho deliciado, o *lorgnon* examinando vitrines e transeuntes.
— Mas só gente importante?
— *Gente.*
— Hum...
Quando não entendia bem, dizia 'hum' para disfarçar. E ficava imaginando uma rua chamada Eurico, o bode do tio Vavá. Muito engraçado, se as ruas também tivessem nomes de bichos.
O ritual até a padaria, o pão da última fornada cheirando gostoso, que vontade de morder o embrulho, papel e tudo.
— Um sorvetinho, tá? Um só.
Prometia jantar.
— Não deixa pingar no vestido, meu bem.
E ela acabava o picolé de nata, olhando os sapatos novos de verniz preto e pulseirinha, e as meias curtas, de seda, que os sapatos, esganados, engoliam pelos calcanhares, uma aflição.
Andavam até o ponto do bonde, e ela não resistia à lembrança da música tocada no filme. Assoviava.
— Filha de tropeiro é que assovia. Menina distinta, nunca.
Vovó não ralhava. Ensinava, fazendo umas comparações gozadas. Então ela era menina distinta, laçarote no cabelo e na cintura. Isto é que era ser distinta? E filha de tropeiro, ia ao cinema?

Achava graça, mas não ria. Não se ri de uma Avó sábia, com árvore genealógica dependurada na sala de visitas. O galho mais apontado, nome de senador do Império, um tal de Quintiliano, cavanhaque e *pince-nez,* que Dom Pedro apelidara Quinto, pela intimidade. Ou seria para encurtar um nome tão comprido?

— Não vai acabar nunca a Árvore, Vovó?

— Não pode, nem deve. Lembre-se disso quando for mocinha, viu?

Meu Deus, e se esquecesse?

E ela desenhava com a imaginação um bando de passarinhos pousados nos ramos daquela Árvore que já tinha seu nome e não devia nem podia parar de crescer. Passarinhos iguais aos que alimentava com miolinhos de pão, todas as manhãs, no quintal. Ah! Como gostaria de ser um passarinho! Melhor do que um galho. Voa, voa, e se for esperto, ninguém prende na gaiola...

— Lá vem o bonde!

Não era preciso correr. O motorneiro conhecia a sua gente e esperava. O cobrador, gentil acrobata, batia dois dedos na testa e aquilo queria dizer bom-dia, boa-tarde ou boa-noite. Economizava palavras, mas batia continência e fazia barulhinho de moedas na mão. Havia a tal senhora que achava um desaforo o último aumento da passagem e ficava olhando, muito tesa, para frente, fingindo já ter pago. Numa pose silenciosa, solene, porém contestadora. E o cobrador também fingia ignorá-la, cumplicidade amistosa. Afinal, nas festas de fim de ano, acabava ganhando o dobro do que ela ficara devendo.

Sobe, bondinho, vai subindo. Pronto. Chegamos.
— E agora, madame?
Agora? Já era madame e estava de novo dentro do táxi.
— Pode virar à esquerda e descer pela outra rua. Logo ali, na esquina, por favor.
A Casa de Esquina. Sem o armazém grande e imponente.
Que saudades do armazém...
O mistério dos temidos vidros de conservas. Naquela época ainda não conhecia Shakespeare. Mas a mistura de cheiro forte guardada nos vidros de tampa, legumes boiando num caldo esquisito, parecia ter sido cozinhada no caldeirão das bruxas de Macbeth.
Ao contrário, os vidros açucarados de balas eram lindos e coloridos. Balas de todas as cores. Verdinhas, hortelã, ardiam na boca. Groselha, vermelhinhas. As escuras, de chocolate, as brancas, de coco. Umas delícias!
O quintal, reinado de Eurico, o Bode. Seu olhar de desprezo quando ela punha a língua de fora pra ele, desafiando-lhe a barbicha de sábio. Eram às vezes amigos, às vezes inimigos. Venetas, na verdade.
E Sílvio-Preto, o primeiro amigo. Subiam nas árvores ou revolviam a terra, procurando tesouros enterrados. Cria da casa, sem pai nem mãe, coitado. Obedecia a tudinho o que ela mandava.
— Não fique assim com esse jeito de empregado, Sílvio-Preto! Nós somos amigos, não somos? Então só banque o escravo quando eu virar princesa.
E, de repente, não podia mais brincar com ele. Não porque Sílvio fosse preto ou pobre. Era homem, ou

19

quase. E ela já estava mocinha, lhe diziam. Que raiva! Virar gente grande, uma chateação. Chorou muito. E nunca mais viu Sílvio-Preto...

O grande e pesado armário de ferro, e quando abria as portas lá estava o cheiro tranqüilo de alfazema, e os lençóis branquinhos, doendo na vista de tão brancos. Dobrados e empilhados numa ordem absoluta, pela outra Avó que não ia ao cinema e preferia missas. Iam à igreja todas as manhãs, e Vovó comungava, voltando para o banco de madeira, duro, onde ficava ajoelhada, rezando. Parecia uma santa, com Deus na boca.

— Hóstia tem gosto de quê, Vovó?

— Hóstia não tem gosto, meu bem. A gente engole e não sente.

Ah, mas ela tinha uma amiguinha que lhe havia contado, muito prosa porque já fizera a Primeira Comunhão:

— Não pode encostar nos dentes, nem ser mastigada, tem de escorregar de mansinho para o estômago.

— Então comungar é comer Deus? Credo!

— Deixa de ser boba. Deus se desgruda e vai para o coração, se a gente está em estado de graça. Pecou, acabou.

— E o que é pecar, hem?

— Sei lá... Acho que é pregar mentira, não ir à missa aos domingos e comer doce demais. Esse tem nome: gula.

E a amiga saía pulando corda, com medo de não saber os nomes dos outros pecados.

Todo mundo gostava de Santo Antônio. Mas como é que um santo deixava roubarem do colo dele o Menino Jesus, e dava noivos às moças, com a condição de lhe devolverem? Ela é que nunca ia ter coragem de roubar santo. Nem de dependurar o Menino Jesus roubado, 'plantando bananeira', na cortina, para arranjar marido.

Mas um dia havia roubado a irmãzinha, dona da moeda de quinhentos réis. A dela, só de duzentos.

— Coitada de você. Ganhou a mais enferrujada, a menor. A minha é maior e mais limpinha, quer trocar?

Que se lembrasse, havia sido sua primeira tapeação na vida. Trocaram as moedas. Veio o remorso. Quis destrocar. A irmã fez jeito de choro, e bateu o pé. As pessoas não entendem nada, quando são crianças. A tapeação ficou, e o remorso desapareceu aos pouquinhos.

A risada do Vovô, e seus olhos azuis, clarinhos, pareciam pintados com lápis de cor. Sabia cada estória do sertão... Caçava, tinha espingarda, e conhecia todos os bichos. Contava, e o pai dela anotava tudo, perguntando mais. Por que o papai queria saber tudo tintim por tintim? Ah! Ele ia escrever um livro? Ela também... A escrivaninha do Vovô tinha uma porta mágica. Subia enrolando, e ele enrolava palhinha e fazia seus cigarros. Vovô amava os netos e os bichinhos. Misturava-os.

— Patarreca batizada, vem cá, patinha!

A gataria do Vovô. Gatinhos moles e cinzentos, amontoando-se no fundo do caixote. Que tipo mais gozado de berço...

— A raposa trouxe os filhotes da gata, esta noite!

Cegonhas traziam bebês. Raposas traziam bichinhos. Maluca, a natureza. Raposas não comiam bichos? Algum dia, ela ia tirar a limpo...
— Dê cá o pé, louro!
O papagaio não fazia cerimônia. Falava igualzinho gente, xingava, e ainda por cima dava ordem:
— Bota a mesa, Eulália! Bota a mesa!
Tataravó Graciana, tão velhinha, parecia um bebê. As pessoas muito velhas acabavam virando bebezinhos? Bisavô e sua cabeleira fofa e branca, uma coroa de algodão. As sobrancelhas, também dois chumaços brancos e rebeldes. Ele rezava alto, cedinho, e ela achava aquilo uma coisa muito bonita e impressionante. A fé do Bisavô era barulhenta. Grande, igual a ele.
Aquela tarde, no jardim, Bisavô na cadeira de balanço.
— Posso pentear o senhor, posso? E cortar um pedacinho do cabelo? Só pra guardar de lembrança. E te dou um pedaço de rapadura, posso?
Bisavô, pela rapadura, deixava a gente fazer tudo.
E ela foi cortando, cortando, e arranhou a cabeça. De leve, mas apareceu logo o risquinho de sangue. Ele era um velho forte, e parecia Papai Noel. Só que já não tinha forças nem pra carregar brinquedos. Coitado, não desconfiou. Ela correu ao banheiro, trouxe água oxigenada e passou no machucado. Bisavô, os dedos desenhados de veias azuis, cheirando e dizendo, naquela voz de Mágico de Oz:
— Aguazinha-de-colônia cheirosa...
Primeiro, o susto. E se ele descobrisse? Loguinho depois, a vontade de chorar, porque ele não havia descoberto, continuava enganado. Abismada, olhava-o

sem coragem de contar-lhe a verdade, mas sentindo que só isso poderia aliviá-la. O muito queridinho, apesar das rezas todas, tinha sido enganado por ela. Meu Deus! Tão fácil tapear um Bisavô quanto uma irmãzinha... Ser muito velho e muito criança, dois perigos iguais. Que vida! Puxa...
Mas ele acabou ganhando a rapadura, e guardou-a, para comê-la às escondidas.

— A senhora está esperando alguém?

A voz do motorista reconduziu-a ao presente. Talvez a imaginasse vigiando alguma pessoa. Mas as pessoas, agora, dentro daquela casa, eram só estranhos.

— Espere mais um pouco, por favor.

O motorista não era pago para entender. Ele que esperasse.

— Vovó, não quero ir embora... Quando mamãe chegar, inventa que estou dormindo, viu? Quero dormir com você. Me conta uma estória?

Os olhos de Vovó que não ia ao cinema pareciam as contas de um terço. A ternura da voz, contando estórias. O quentinho de seu colo. Na manhã seguinte, fazia um mingau gostoso, de fubá, com pedacinhos de queijo e as rodelas douradas de manteiga, derretendo.

— Agora, o senhor pode seguir. Dobre à esquerda, por favor. Pare do outro lado do Grupo Escolar, diante da Casa Amarela, sim?

Se virassem à direita, poderia apreciar a Olaria, lá de cima. Terra muito vermelha, e homens andando e carregando tijolos, lá embaixo, parecia outro mundo, numa dessas estórias de hoje, muito ficção científica. Existiria, ainda?

Já estava diante da Casa Amarela.
Delicada, parecida com sua dona. A varanda, a porta em arco, abrindo-se para as lembranças.
O sorriso de Vovó, seu cheirinho de lavanda e pó-de-arroz. Usara a vida toda creme de alface no rosto, espalhado com as pontas dos dedos assim, para cima, evitando rugas.
Vovó muito francesa, mas nascida em Ouro Preto. Abria o livro *La petite Marguerite,* lia alto naquela linguagem musical. Depois repetia tudo traduzido em português perfeito de professora.
O aparelho de chá dourado, os cristais com brasão.
— O importante é ter *nome.* Quem tem um *nome* pode mostrar que não tem dinheiro. A monarquia precisa voltar...
Vovó suspirando antepassados, querendo um rei. Muito fidalga, sem riqueza, mas com certo orgulho de ser ela, e não outra.
Adorava museus, temendo os espectros que, afirmava, apareciam nos salões à noite, para conversar e dançar valsas.
Seu xodó pelo Vicente Celestino. Escutava, enlevada, aquela canção tenebrosa, o tal de "Coração Materno".
Vovó aventureira, gostava de viajar. Ainda jovem, fora de Brumadinho a Dores da Conquista, na garupa de um cavalo, pelas veredas desconhecidas, com a tropa alugada para os filhos e criados. Três dias beirando rios e afastando o mato, três noites fazendo pouso nas fazendas amigas. Sem medo de nada. E, com certeza, nem durante a trepidosa viagem dispensara o creme de alface, pó de arroz e lavanda.

A Casa Amarela continuava tão jovem quanto a Casa de Esquina.
O mamoeiro carregado de frutas. E as três mangueiras convidando a subir pelos ramos fortes. Como era bom chupar manga no pé! Igual a jabuticabas. A árvore de fruta-de-conde devia estar lá, ainda firme, no fundo do quintal, debruçando metade dos galhos sobre o muro do vizinho e causando discussões.
O caramanchão de chuchu, caracoizinhos verdes. E a voz do Papai:
— Olhinhos cor de chuchu...
Sentar na escada enfileirando as bonecas, muito filhas e muito alunas, ensinando-lhes as lições. O cheiro do refogado da sopa e a Vitalina, preta-chocolate, engomando as anáguas, tão armadas, até ficavam de pé.
No Carnaval, Vitalina se transformava. Cada ano, uma fantasia nova de baiana. Num rebolado de cetins e penduricalhos faiscantes, o turbante equilibrando frutas e flores, lá ia ela, toda faceira, para os bailes. Felicidade, para Vitalina, queria dizer Carnaval. Conseguia pular noites seguidas, dando conta do trabalho de dia sem demonstrar o menor cansaço. Que fôlego! E ela também sabia contar com ênfase especial as estórias mais impossíveis. Arregalava os olhos nos momentos de suspense, e revirava-os, como se estivesse vivendo aquilo tudo.
O porão encantado, escuro, úmido e cheio de silêncio, onde moravam duendes e fadas. Era bom ficar ali quietinha, imaginando coisas. Ou armar, com dois tijolos e uma pequena chapa, o fogão. A comidinha das bonecas. Bater espuma de sabonete com o garfo, até ficar parecendo claras de ovo em neve.

— Cuidado com escorpião!

O monstro temido de sua infância, e no entanto jamais vira um. Só desenhado em horóscopos.

E naquelas férias já se olhava mais no espelho, à procura da boniteza que estava demorando. Os saltinhos dos sapatos faziam barulho gostoso nos paralelepípedos. Mordia os lábios para fingir que estava de batom.

Mamãe se casara sem nunca ter usado batom nem sapatos de salto alto. Com o vestido curto, de faixa encostando no chão, e o rosto encabulado, a gente podia ver isso no retrato. Papai e a família dele só tiveram que atravessar a rua. E a Casa de Esquina deve ter espichado o nariz, para ver a festa.

A Casa Amarela, fechada desde aquela tarde de muitas lágrimas, quando Vovó, coberta de flores, saíra carregada pelos netos. Adormecida num sorriso de encantamento. Suave adeus de Vovó. Sem *lorgnon,* porém muito fidalga.

— E agora?

O motorista mostrava-se impaciente.

Agora? Voltar. O sonho acabou.

* * *

No ano seguinte, a volta.

Subiu ladeira acima no bondinho que não existia mais, em busca de sua infância. O faz-de-conta. O entusiasmo que antecedia os relembramentos. Viajar no passado e reencontrar as gentes queridas, as coisas queridas.

Parada diante da Casa de Esquina, sentiu tristeza. Algo mudara. Conversar com casas cria uma espécie de sétimo sentido. Havia agora diferença. Não nas paredes cinza, nem na porta sólida, que há anos não transpunha. Vovó e Vovô já eram saudade grande, e só lembranças de muito amor. A mudança acontecia dentro dela, na mente. Sensação indefinível e angustiante.

Fechou os olhos, tentando trazer de volta os queridos antigos momentos. Não conseguiu. Forçou. Era preciso, era preciso manter todos eles vivos, bem vivos, dentro dela.

Tataravó Graciana, um bebê sem formas nem falas. Bisavô rezava baixinho, longe. Não conseguia ouvir-lhe a voz grave proclamando suas orações. Nem pedindo rapadura. Os olhinhos azuis de Vovô a fitavam apagados, cheios de carinho, mais distantes do que o céu. Papai, onde está você? Não vai conversar comigo? Não vai rir comigo, ainda esta vez? Vovó, Vovozinha, tão mansa e tão santinha, me conta uma estória?

O que estaria acontecendo?

Sentiu uma vontade louca de fugir. Dali mesmo, sem ver a Casa Amarela. As paredes cinza da Casa de Esquina, de alguma forma muito estranha, a repudiavam. Como se estivessem gritando, se casas pudessem gritar:

— Volte! Viva o presente! Todos eles se foram, e você *está*. A vida se transforma. Não nos pertencemos mais!

Impossível voltar. Precisava vencer a força que a arrastava contra ela mesma. Prosseguir naquela peregrinação sentimental. Ver a Casa Amarela. Talvez, depois disso, se sentisse melhor.

Pediu ao motorista, angustiada, sem compreender os próprios sentimentos confusos:

— Por favor, dobre à esquerda e pare do outro lado do Grupo Escolar. Defronte à Casa Amarela.

Minuto rápido, apenas o virar.

— Que casa, madame?

Não estava mais ali. Recém-demolida, só o mamoeiro e sua altivez acabrunhada. As mangueiras, desoladas. Para onde teriam fugido as fadas e os duendes, inquilinos do porão encantado?

Tudo escombros.

Soluçou sem se dar conta. Chorou como nos antigos tempos de criança. O motorista, aturdido, indagando se ela queria um copo d'água.

Daquele botequim? Nunca! Tirar da boca o gostinho da geléia de mocotó comprada ali a tostões, em tabletes, há tantos anos? Nunca!

Virou-se, fugindo da destruição. Viu a Casa de Esquina. Parecia triste, uma tristeza cinzenta. Mas também parecia dizer:

— Coragem! Nós caímos, mas as pessoas caem antes de nós. E você e eu ainda estamos de pé!

Ela voltaria, sim, continuaria voltando, porque uma Casa ainda estaria à sua espera. Da próxima vez, conversaria na linguagem dos relembramentos. O passado não havia sido completamente demolido.

Até quando?

Lá vem o bonde!

Ela tomou o bondinho que já não existia, e foi descendo a colina.

Voltaria. Voltaria sempre.
Coragem! Você e eu ainda estamos de pé!
Até quando?
Nunca mais voltou.

Belo Horizonte
1967

∞

O HOMEM QUE AMAVA GENTES

O HOMEM QUE AMAVA GENTES

PODERIA ter acontecido em qualquer outra parte do mundo. Mas aconteceu no Havaí, diante do Pacífico azul-turquesa. Nosso mundo gira tantas voltas, os seus diferentes pontos tão fáceis de se comunicar entre si, está ficando cada vez menor. E as voltas, mais rápidas.

Quando o Jumbo preparava-se para aterrissar no aeroporto de Honolulu, a ruiva do outro lado exclamou:

— Oh! Pearl Harbor!

E bateu uns três cliques com a máquina fotográfica novinha, certamente comprada em Tóquio. O homem de terno escuro e gravata listrada não dava a impressão de turista, mas de quem viaja a negócios. Debruçou-se para ver melhor, e comentou com a voz amargurada:

— Mudou muito, desde a última vez.

Eu quis ver também. Ergui-me e corri para o lado deles, emocionada.

Pearl Harbor é um capítulo trágico na História, e os jornais que o noticiaram já estão amarelecidos. O Me-

morial, porém, plantado nas águas tranqüilas que um dia conheceram misturas de sangue, relembra os heróis e as vítimas. O japonês risonho, comissário de bordo, pediu desculpas e deu-me um abraço protetor, obrigando-me a sentar no banco vazio. E a gueixa, na solicitude de *hostess,* enlaçou o cinto de segurança.
— *Aloha!* — Ambos disseram. Respondi: — *Aloha!*
Após jurar a ausência de carnes e frutas na bagagem, fui logo liberada pela alfândega. A ruiva, fumando numa piteira de marfim, olhou aborrecida a fileira de malas que ainda seriam examinadas. O velho acendeu um charuto e abriu o *Times.*
Há quem se queixe da supercivilização de Honolulu. Adorei. Os encantos da natureza podem ser melhor apreciados se junto houver conforto. Os coqueiros acenam suas folhagens plissadas e ficam encantadoramente exóticos quando à noite exibem lâmpadas em lugar dos cocos. Um dia no Centro Polinésio, magnífico trabalho dos Mórmons, criação ao vivo das Ilhas dos Mares do Sul, enche os olhos e a alma de graça e colorido. Mas pede uma noite sossegada no hotel moderno de Waikiki, com o serviço eficiente, pronto ao mais leve aperto do botão. E se as tochas flamejam à porta dos restaurantes e clubes noturnos, nas noites quentes o ar refrigerado em ponto perfeito nos acolhe com uma agradável temperatura.
O colar de flores recebido no aeroporto me rodeava ainda o pescoço e perfumava o apartamento todo branco, onde outras flores amarelas e alaranjadas se estampavam na colcha e no revestimento das paredes,

quando escutei a voz que dissera: 'Oh! Pearl Harbor!' no avião exclamar no corredor: — 'Enfim, Waikiki!' Se houvera coincidência de hotel, coincidência maior os trouxera para o meu andar.

As águas azuis e límpidas vinham vindo com a pressa do *surf*, até à praia. Embora estivesse eu nas alturas, tive a impressão de que, a qualquer momento, as ondas invadiriam o meu quarto pela janela panorâmica. Não havia nuvens. Brancas, só as velas de um barco, ao longe.

Lugar lindo e novo para mim. No mapa, é um miúdo arquipélago. Estremeci à lembrança dos vulcões adormecidos. Se algum deles apenas bocejasse, devoraria tudo de uma só vez.

'Isto aqui é o ideal para quem ama a vida', pensei. 'E também para quem está de mal com ela; faz logo as pazes.' É difícil imaginar alguém sofrendo, no Havaí. Alguém doente, alguém matando ou morrendo.

Um mergulho no Pacífico sempre empolga a quem nasce banhado pelo Atlântico, mesmo que não haja dúvida de que os oceanos sejam na realidade apenas um.

Descemos juntos, a ruiva, o homem e eu. A diferença de idade entre os dois gritava mais pelo cansaço estampado no rosto dele. Quando me dei conta, estava seguindo-os e observando-os com grande interesse. Absorvida, mesmo. Sentei-me na areia, a pouca distância do casal. Podia ouvi-los, e embora algumas palavras me escapassem, ia recolhendo a conversa, igual estivesse decorando um código.

— Ora, Bill. Pare com esta amolação toda de guerra! Viemos aqui para nos divertir...

Bill não retrucou.
— Ah, Bill! Não resisto. Vou pedir emprestada a prancha de *surf* daquele rapaz...
— Você não vai pedir coisa alguma!
Arrisquei um olhar. Ela esfregava lentamente o óleo na pele sardenta, parecendo sentir muito prazer em se acariciar.
Mais alguns minutos e ele falou:
— Dezembro. Sete. A manhã surgiu sorrateira, cheia de surpresa... Maldita traição!
— Bill, aquilo já é passado. Se você escapou, trate de aproveitar a vida. Você está vivo, Bill!
— E meus companheiros, meus amigos, estão mortos...
— E o que você poderá fazer por eles? Nada!
— Relembrar. Quem viveu aquilo como eu vivi jamais se esquece. Os gritos, o desespero. A traição.
— Bem, vou cair na água.
E ela foi. Conversou com o rapaz moreno, deu gritinhos espantados sobre a prancha de *surf*. Recebeu aula. E triunfando no próprio equilíbrio, chamava Bill cada vez que a onda trazia o seu belo corpo.
O homem deitou-se e ignorou os gritinhos. Tapou o rosto com o chapéu de palha e mergulhou na amargura. Precisava comunicar-se, tirar de dentro a velha recordação, enfrentá-la e abatê-la de vez. Mas estava só. Estaria mais ainda se a jovem não o tivesse abandonado.
À tarde, deliciei-me com a originalidade do International Market, onde as lojas rústicas se espalham entre as árvores, num cenário de bosque. Os pássaros cantam e as crianças riem. Mas cantam e riem de

modo especial. Alegria misturando perfumes e sons e nos envolvendo com doçura. No coração de cada um de nós, um pouco de criança e um pouco de pássaro.

Curiosa, desejando provar o gosto do contraste, fui depois fazer compras no Ala Moama. O motorista do táxi, rapaz rico de São Francisco. Nas férias, seu esporte era o trabalho.

Entrei numa loja e poderia estar em Nova Iorque.

— Bill, eu fico pálida de verde? Hein? Ou você acha o azul mais de acordo com meu tipo?...

— Escute, boneca, já estou cansado deste martírio. Decida logo. Não agüento mais a sede.

— Ora, Bill, não seja chato. Bem, levarei o vermelho. Steve disse que meu biquíni vermelho está muito de acordo com a minha personalidade. É o quarto vestido vermelho, em cinco dias. Mas você não se importa, hein, Bill?

O ar de enfado e ao mesmo tempo de imensa complacência garantiam que ele não se importaria absolutamente em gastar dinheiro com ela.

— Quem é Steve?

— Ora, Bill, meu fã da praia. Meu professor de *surf*...

Deu uma risadinha travessa. Ele apenas sacudiu os ombros, mas o olhar desmentiu o gesto.

— Olhe, Bill! Exatamente o que eu preciso!

— É, boneca, você precisa mesmo. Só possui uma dúzia iguais...

— Mas Bill, você tem de reconhecer, nenhum é tão bonito!

— O.K., boneca. Leve quantos quiser, mas vamos logo ao bar mais próximo. Estou morrendo de sede.

Ela fez um muxoxo.
— Sede coisa nenhuma. Você está é bebendo demais!
Fui andando, saí da loja com um sorriso. Gente sempre me desperta interesse. E aqueles dois, na verdade, eram interessantíssimos.
Naquela noite, resolvi andar sem destino certo. Apenas andar. Antes, cruzei com eles dois no saguão. Estavam entrando no bar. Conseguiria Bill saciar a sede?
No Havaí não existe idade. Mulheres de rosto enrugado e pintura no rosto e nos lábios vestem as mesmas túnicas de algodão colorido que as jovens de rostos lavados. Pés descalços se apressavam junto aos meus. E os casais se uniam mais, usando o mesmo estampado combinando vestidos e camisas. Sorrisos, muitos. Há tempos não via tantos.
O ritmo de uma orquestra, voltando furiosamente à década dos anos *vinte,* impediu-me dobrar a esquina.
Espiei da porta. O barzinho convidava. Os rapazes, em bermudas ou calças brancas, coletes de listras, chapéu *canotier,* formavam uma animada orquestra, fazendo os instrumentos vibrarem com ardor. O *charleston* era o senhor da sala.
O ambiente agitava uma alegria intensa, dentro da penumbra. O tamanho generoso dos canecões não impedia que a cerveja transbordasse. Às mesas apinhadas, descobri mais tarde, bastava apenas se sentar. Não era necessário pedir licença às pessoas, porque minutos antes elas também não se conheciam. Todos cantavam, se sabiam a letra. Se não sabiam, inventavam. Todos muito poetas, num improviso delirante. E cada um

cantava em sua própria língua, desafinando ou não. Permitida qualquer demonstração de carinho e solidariedade. A do rapaz, pulando para a orquestra e fazendo os assopros de sua gaita substituírem durante alguns minutos o saxofone, foi aplaudida como se ele tivesse cometido uma proeza.

O homenzarrão de bermudas e camisa desabotoada até o meio da barriga cabeluda girou a mão várias vezes no ar, chamando-me. Enfim, alguém me notava.

— Venha! Entre! Seja bem-vinda!

Entrei. Ele veio buscar-me e eu me vi sentada diante do canecão de cerveja, entre pessoas desconhecidas que me sorriam, acolhedoras. Éramos sete. Tipos, raças e idades diferentes. Mas o grupo, heterogêneo como outros, competia entre os mais animados. Qualquer idéia precipitada contra aquele homem que me convidara de modo tão espalhafatoso foi aos poucos apagada pela sua atitude amiga e pura.

BATA!

Ele subia na cadeira, agitando o cartaz onde estava escrita a ordem. Todos batiam palmas, acompanhando a música.

CANTE!

Outro cartaz substituía o anterior, num passe de mágica. E nós cantávamos, cantávamos...

O mundo inteiro fazia ciranda, numa espontânea confraternização.

O homem ia buscar na mesa ao lado o velhinho, que se esforçava para não parecer deslocado, e apresentava-o à moça da outra mesa. Antes perguntando seus países e cidades. O próprio nome de cada um nada significava. Mais importante do que ser Jack era ser Missouri. Muito mais excitante ser Rio do que Rosa.

Ele olhava-me com certo espanto. Como se tivesse sido um milagre eu ter voado tantas milhas para enfim nos encontrarmos.

— Eu amo gentes! — gritou-me ele, batendo no peito com o punho fechado. E tornou a gritar. Sentia necessidade de proclamar seu amor pela humanidade.

Gritei de volta:

— Eu também amo gentes!

Seu riso foi nova declaração de amor. Pelas gentes. Tornei a gritar. Era preciso, no meio da barulhada.

— Você mora aqui?

Seus olhos brilharam feito os de um gato no escuro. Chegou mais perto e disse, a voz grave:

— Desde Pearl Harbor.

— É o dono deste bar?

Sacudiu a cabeça, negando.

— Mas venho todas as noites, canto, grito, aplaudo e me atordôo. E volto pra casa sem errar a porta!

— Diverte-se?

Só então notei que olhos brilhantes podem ser tristes.

— Divirto os outros.

Bebeu meia caneca e acrescentou, em voz lenta:

— Eu amo gentes. Comecei a amá-las quando fui obrigado a matá-las. Quero que também se amem. Por que não? Procuro salvá-las ao menos uma noite...

A sala ficou repentinamente mais escura. Os músicos, de pé, tocaram 'Deus salve a América'. A bandeira dos Estados Unidos foi erguida, bem aberta, e fogos de estrelinhas dançaram no ar. Alguma guerra parecia terminada.

Quando a leve claridade voltou, após os gritos de alegria e os efusivos abraços desconhecidos, o homenzarrão chorava. Ninguém percebia, entretanto. A fumaça, a música seguinte, as gargalhadas esconderam suas lágrimas. Rápido, subiu novamente na cadeira. Ergueu o cartaz.

BATA! CANTE! BATA! CANTE!
Cantávamos e aplaudíamos. Era ordem.
Sentou-se e me perguntou:
— Você está sozinha?
— Não. Estou com vocês todos.
Respondeu, subitamente sério:
— Compreendo. É como nas trincheiras. Cercado de todos, mas *só*.

E então eu vi a ruiva e o homem, sentados pouco adiante de nós. Nunca pareceram tão longe, em idade. Ele, envelhecido, os cantos da boca muito caídos e as rugas mais evidentes. Ela exibia vestido e sorriso provocantes, e um entusiasmo exagerado pela orquestra. Seguindo a direção de seu olhar insistente, reconheci num dos músicos o rapaz moreno da praia.

E ela já subia no palco e cantava com toda a força de sua vontade de cantar. Foi sucesso imediato e absoluto, mesmo possuindo mais seios do que voz. Ou talvez por isso mesmo. O decote audacioso afirmava.

O velho não demonstrou emoção alguma. Mas quando o rapaz moreno puxou-a para si e deu-lhe o primeiro beijo, depois outro, um leve tremor sacudiu-lhe a boca de cantos caídos.

Alguém gritou para Bill:

— Sua mulher é tremenda! Que sucesso!
Respondeu, irritado:
— Ela não é minha mulher e isto não é sucesso! É pouca vergonha!
Bebeu com sofreguidão alguns goles e limpou a boca esfregando-a no punho da camisa. Já não gritava mais, contudo pude ouvi-lo claramente:
— É traição! E eu detesto traições!
Apesar de envelhecido, ele possuía olhos jovens. Havia, porém, uma grande mágoa neles. Nunca tinha visto tanta, em olhos tão maravilhosamente turquesa. Pareciam duas gotas do Pacífico, soltas na praia de Waikiki, iluminando a penumbra.
Novamente as luzes se apagaram, e a bandeira reapareceu, aberta no espaço, fogos rompendo estrelinhas de prata. Após os aplausos e a cantoria animada, a meia-luz voltou. E tivemos a visão espetacular da ruiva sardenta e provocante vestida de vermelho, nos braços morenos do rapaz da praia. Pareciam esquecidos de tudo, menos do abraço demorado e ardente.
Aconteceu tão rápido, como se tivesse havido antes vários ensaios. O homem que odiava traições ergueu-se, praguejando, igual ao soldado que usa pragas de coragem antes de atirar a granada ao inimigo.
E o homem que amava gentes já subia na cadeira.
Quando o tiro explodiu, o cartaz ordenava:
APLAUDA!
O corpo grandalhão de bermudas e camisa desabotoada ainda oscilou alguns segundos, antes de cair com estrondo. E durante aqueles segundos, foi freneticamente aplaudido. Ninguém sequer adivinhando que obedecia à ordem de um morto.

O outro não fugiu. Ficou segurando a arma, perplexo, e eu escutei-o soluçar:
— Meu Deus... Matei errado...
Existirá 'matar certo'?...
A ruiva gritou, mas estava salva. As luzes se acenderam.
O homem que amava gentes fora atingido bem no coração, onde ele batia firme com o punho fechado:
— Eu amo gentes! Quero que também se amem. Por que não? Procuro salvá-las ao menos uma noite...

Honolulu, Havaí
1971

∞

DESDE E ATÉ

DESDE E ATÉ

DESDE E ATÉ

A TÉ quando, nem o mar sabe. Desde quando, não me apercebi. Só sei fatos, não mais existe tempo.
Existe *valor* dentro de mim e corro o risco de ser roubada. Mas se isso acontecer, eu serei salva.
Fui mulher ambiciosa. Mas na única vez em que roubei, não foi ambição. Eu me achava com aquele direito. O motivo, algo forte aqui na alma. Pensa que não a tenho? Talvez o algo forte remontasse às vidas de antes.
Jamais apreciei coisas fáceis. Meu espírito aventureiro viveu o difícil tantas vezes e nunca deixou de confiar nele mesmo. Temia qualquer outra cumplicidade que não fosse a minha própria. Tive o que quis, embora não raras vezes precisasse lutar para consegui-lo. Rezei, praguejei, mas consegui.
Paz. Segurança. Realização.
Escrevi com os olhos e a mente essas três palavras nas águas do Ganges, enquanto o sol nascia. É a hora em que Varanasi inteira, esquecendo o nome Benares

que o Ocidente lhe impôs, dirige-se para o rio sagrado, parando antes no Templo da Deusa Gunga, a fim de adorá-la antes das primeiras abluções. A música de címbalos embalou meu desejo. Vinha de não sei onde, talvez da velha casa encardida, debruçada sobre as águas pardacentas, onde as viúvas cantavam.

Estar num barco humilde sobre as águas que Xiva filtrara com seus cabelos era para mim tão excitante quanto deslizar nas históricas águas do Egeu, a bordo de um iate, a caminho de Hidra. Tudo muito simples, no vórtice da minha crescente agitação interior. Eu cobiçava a paz na segurança da realização. Mas tanta gente me cercava, às vezes gente errada no momento certo, e gente certa no momento errado, um desperdício de palavras e emoções.

De certa forma, era bem mais prisioneira do que agora. Mas conheci a felicidade. É linda e tocável. É concreta. A felicidade só é abstrata quando não passa de um desejo de se ser feliz. Uma vez alcançada, nem que seja por um minuto, torna-se concreta. Cabe num conta-gotas e só pode ser recebida em doses, feito alguns remédios. Basta uma gota, porém, vagarosa e medida, para nos tornar intoleravelmente fortes.

Segurança é ilusão. Não existe. Não se pode contar com os outros, quando nem consigo mesmo se pode contar. Os poucos instantes em que pensei achar-me segura foram frágeis e movediços.

Amor, existe. Ah, se existe! Sei, porque senti. Muitas vezes confundido com outros sentimentos, é o mais raro de todos. Um perigo, tê-lo muito dentro de si. Amar é realmente preocupante, mas delicioso.

Fico pensando nisso tudo, agora. Pode achar que não, mas além de alma, tenho cérebro. Aliás, eles coexistem numa sociedade pacífica.
Por que fiz aquilo? Sei que não foi mera aventura, apesar de ter sido uma aventura louca. Compulsão?
Ainda era jovem, no meu sentido pessoal de juventude. A caminho da velhice, é bom parar para descanso. Assim, a velhice parece distante e adiável. Sempre imaginei como seria útil abolir o calendário. Não mais datas marcadas, estabelecidas. Datas são como ordens. Não gosto de imposições.
Quis abraçar o mundo e tudo que houvesse de belo dentro dele. Dramaticamente simples ou maravilhosamente complicado. E então, eu fiz aquilo.
Numa noite em que as estrelas evocavam poemas de Omar Khayyãm, pisei no solo persa pela primeira vez. O coração da Pérsia pulsa mesmo é em Isfaã e em Xiraz, a terra do amor. Lá, escutei os rouxinóis e respirei as rosas. Depois, a corrida louca sob o sol ardente do deserto, e a parada brusca diante das colunas seculares, que resistem estoicamente ao tempo e aos turistas. A História trouxe de novo Ciro a Persépolis. Na perfeição dos relevos e na majestade das ruínas, recuei, em duas horas, dois mil e quinhentos anos. Maravilhoso!
Inquieta, senti algo especial de acontecer se aproximando.
Aconteceu em Teerã, diante do Tesouro protegido pelas paredes de vidro. Ali estava o colorido do país. Sugado pelo mar de esmeraldas, pelo anoitecer das safiras. No sangue dos rubis, no arco-íris de cada diamante. Ouro, platina, pedras e pérolas.

Pérolas. Desde pequena, sempre as amei. Costumava enrolar cinco voltas de pérolas de minha mãe em torno de meu corpo franzino e estremecia de prazer. Quando fiz quinze anos, ganhei um colar de pequeninas, delicadas pérolas, branquinhas, acariciantes. De cada homem que me amou, ganhei também pérolas. Era quase uma competição, cada um querendo oferecer a mais bela. E assim, as fui colecionando. Não importava o preço, se alguma me atraísse pela forma ou pelo tom, invariavelmente acabava em meu cofre.

Bem, eu estava ali, diante de um Tesouro colecionado por não sei quantas dinastias. Havia mais detetives do que turistas. Achei isso uma provocação.

De súbito, ela se contorceu para mim, no escrínio de veludo rubro. Também parecia feita de veludo. Entre nós duas, um vidro que não podia sequer ser tocado. Fui atacada em cheio por uma forte sensação de reencontro. A bela pérola barroca sorriu seu original brilho rosado para mim, como se também estivesse me reconhecendo.

Abandonei o lugar, e uma vez lá fora respirei fundo. O apartamento do hotel foi pequeno para meus passos. Andei a noite inteira, em busca da vibração sentida.

Fugi na manhã seguinte. Mas a pérola não me deixou partir sozinha. Acompanhou-me na mais sutil das presenças, sob a forma de obsessão. Levei-a na mente para a Índia. E nenhuma das deslumbrantes pedras que vi em Nova Déli conseguiu fazer-me esquecê-la.

Encontrei um Homem Sagrado, o corpo esbranquiçado pelo pó das cremações, cabeleira e barba um emaranhado só. Apoiado no bastão, deu-me o aviso: eu pertencia ao mar. Só no mar reencontraria a paz e a segurança ambicionadas. Como? A bordo de um transatlântico ou na chalupa de um pescador? Ele sorriu e apontou com o bastão a torre do Templo dos Macacos, onde a evolução da vida humana é traduzida pelas figuras em círculo. De repente, a pérola retorceu-se no meu pensamento, numa espécie de comunicação inentendível.

Na madrugada seguinte, esqueci-me do Homem Sagrado mas não consegui esquecê-la. Precisava dela. Desejava-a. Era para mim tão importante possuí-la como se fosse pulsar em lugar de meu próprio coração. Sofri noite torturada de sonhos. Vivi outra vida, desconhecida e estranha. Acordei, muito ainda presa à lembrança do que sonhara. Foi difícil e lento o processo de desligamento, porque não queria retornar à realidade.

Então, na impossibilidade de abandoná-la, já que ocupava meu pensamento sob o disfarce de uma idéia angustiosamente fixa, decidi roubá-la.

O destino ajudou. Há quem acredite que se nasça com ele dependurado no pescoço. Mas eu me sentia pendurada no pescoço do destino. Absurdo, mas excitante. Eu era conduzida.

Primeiro, precisei uma boa dose de gás adormecedor. Facílimo consegui-lo em Hong-Kong. Ali consegue-se tudo. É o lugar onde as coisas simplesmente acontecem, onde o ar, impregnado de mistério, entra cheio de volúpia no sangue e faz a gente cometer o impossível.

Já não importa contar sobre aquele simpático e incógnito (para os outros) agente do Serviço de Segurança, que fez de um domingo em Macau acontecência inesquecível. Enquanto as bandeiras vermelhas tremulavam do *outro lado,* e o cassino flutuante estremecia gentes e dinheiros, ouvi de meu amigo, após tigelinhas de um chá deliciosamente embriagador, todas as teorias e práticas das guerras modernas. Cuida-se já de futuras técnicas, e do aperfeiçoamento dos detalhes. Riu-se com a minha observação: não seria mais sensato e mais lindo aperfeiçoarem a melhor forma de amar?

Os juncos abriam suas velas, desenhando gigantescas asas de borboletas no céu. E eu abria os ouvidos, aprendendo o quanto era mais útil adormecer o inimigo em massa e dominá-lo, sem machucar um só deles. Um simples botão de roupa, o depósito seguro e disfarçado da quantidade de gás suficiente.

Objetos de tamanho indiscreto já se escondem sob forma dobrável. Uma eficiente máscara contra gases pode se desdobrar da palmilha de um sapato. Mãos habilidosas e bem pagas poderão fazê-la, sem o aborrecimento das perguntas.

E finalmente, para cortar o vidro, um diamante industrial.

Em Teerã, pela segunda vez, desci a escada até o subsolo do banco. Usava vestido discreto, embora a presença de alguns botões a mais sabotasse qualquer pretensão à elegância. Desci devagar, os pés crescidos pelo formato e o tamanho dos sapatos. E os botões foram caindo casualmente e se espalhando.

Meu rosto devia estar exibindo a inconfundível expressão admirada de uma turista. Minhas mãos, porém, tremiam. Precisei apertá-las com força, para melhor se comportarem. Dentro das veias, numa corrida desabalada, o sangue chegava célere ao coração, acrescentando-lhe algumas batidas a mais.

Minha mente agia rápida, os nervos se esticando igual cordões de isolamento. Meu cérebro tornara-se estritamente funcional e eletrônico. Vivi naqueles momentos um esquema de cálculos e tmbém de luta. Era necessário dominar qualquer tipo de medo, qualquer dúvida. Ignorar a consciência. Foi a primeira vez em que precisei ser completa e definitivamente dona de mim mesma, obedecendo-me sem hesitações.

O mais curioso é que não sentia absolutamente estar cometendo um roubo. Lutava para reconquistar algo que antes me pertencera. Eu me restituía.

O torpor diminuiu a intensidade de meus movimentos. Guias, guardas, turistas, já anulados pelo sono repentino. Não foi mais do que um gesto mecânico, descalçar o sapato, desdobrar a palmilha e levá-la ao rosto.

Aproximei-me da vitrina e revivi a pérola, rosada e espasmódica. Comparei-a instintivamente ao feto sendo libertado do ventre, quando o vidro que nos separava foi retalhado. Ao retirá-la do estojo de veludo, percebi seu formato em coração. Um coração barroco. O alarme inútil soava em algum lugar.

Fugi com a dignidade de quem vence uma luta mais com a idéia do que com as mãos. Todos dormiam tranqüilamente. Estariam vivos, apenas sonolentos, quando eu estivesse aterrissando em Beirute. A cami-

nho do aeroporto, tentei visualizar suas expressões de desnorteio, ouvir suas interpretações assustadas.
Coloquei a pérola sob a língua, numa absurda precaução. Achei ali o lugar mais seguro para protegê-la. Escondendo-a dentro de mim. Absurdo. Nem em nós mesmos podemos confiar.
Maldita corrida para o avião! Num minuto de fuga, tornei-me a minha própria perseguidora.
Sufoquei algum tempo, creio, antes do socorro médico que nem vi chegar. Atrasei a decolagem, mas todos os passageiros e os tripulantes foram amabilíssimos. Ainda escutei alguns palpites estúpidos. As pessoas tornam-se médicas na doença alheia e elaboram os diagnósticos mais doidos. A verdade estava tão presente, mas tão fora do alcance deles... Alguém segurava meu pulso. Todos maravilhosos. Quem não se mostra maravilhoso com a desgraça alheia? Enquanto a espiam, pensam com alívio: 'Graças, não é comigo!'
Um simples e idiota engasgo e devo ter morrido mais rubra do que o veludo do escrínio, naquele instante vazio, na vitrina do Tesouro.

* * *

Hoje, sinto a beleza pulsar nas minhas entranhas. Recordo o indiano e os relevos da evolução da vida. A paz e a segurança me envolvem e já me cansam. A realização da reconquista de um tesouro e no entanto não posso vê-lo. Só senti-lo pulsando entre as conchas que envolvem o meu corpo. Gostaria de ser violentada, roubada. Só assim poderia contemplá-lo mais uma vez.

Se você me encontrar, salve-me! Abra esta concha, atire-a ao mar. Meu corpo pegajoso. Quero nascer outra vez. Por que não? Mesmo inquieta, atormentada e insegura. Cansei-me de ser uma ostra.

Teerã, Irã,
1971

∞

VAMOS NADAR, QUERIDA?

VAMOS NADAR, QUERIDA?

E LE tinha cometido um pouco de tudo, na vida. Bons e maus negócios. Negócios claros, na base de muita luta; depressa deles desistira. E negócios escusos, os mais rendosos.

Jogo e mulheres, seus principais investimentos. Trapacear, sua diversão predileta. Divertia-se, trapaceando. E trapaceava para mais investir. Não amava propriamente o jogo. Servia-se dele. Amara, porém, mulheres lindas, no prazo certo e sensato, sem se deixar envolver. Algumas tediosamente lindas. Outras, não tão lindas nem tediosas, mas que lhe haviam ensinado algo.

Havia 'subtraído' (em teoria, desprezava o verbo furtar), aqui e ali, sem ostentação. Apenas o necessário para prosseguir vivendo. E vivera de todos os modos que o próprio orgulho permitira: a cama emprestada, o quarto por favor, e até as férias no conjugado-com-quitinete, propriedade clandestina de um amigo casado, para cujo contrato de aluguel oferecera o seu nome solteiro.

Enfim, de pobre-diabo se transformara em homem rico, graças ao talento do cérebro ativo.

Conquistara o amor de uma herdeira insípida, felizmente órfã e tutelada pelo padrinho parvo. Aquele ditado de uma cajadada para dois coelhos funcionava. Ganhara ao mesmo tempo o coração da moça e a confiança do velho. Este, coitado, já vivia a curto prazo, pagando prestações de pílulas para reacelerar o sangue cansado. Apagou-se na hora exata.

Ela durou mais. Até que dela se desvencilhara de modo prudente, sugerido pela sagacidade matemática. Um crime lógico. Sem violência, sem testemunhas nem cúmplices. Nem mesmo a necessidade de um álibi.

Sempre conseguira escapar às tentativas femininas de prendê-lo. Seu instinto reclamava, exigia coisa melhor. Considerava-se um capital bom demais para ser desperdiçado.

Felicidade, na opinião dele, consistia em dinheiro. Muito. Queria ser o alvo da inveja dos homens. Já estava farto de invejar. Casamento, só com moça de fortuna. Poderia ser feia, estúpida e sem atrativos. Beleza, seria fácil encontrar *por fora*; inteligência, não fazia questão. Bastava a sua.

Com Cristina, apesar de todo aquele dinheiro, não agüentaria além do tempo necessário para matá-la. Feia, desgraciosa, magreza ossuda, mas sobretudo aborrecida na sua inexpressividade e submissão. Era rica em dinheiro e ossos. Míope, insistentemente míope, os óculos de conservadoras lentes grossas cavalgavam-lhe o dorso proeminente do nariz. Ele costumava esconder-lhe os óculos e cronometrar sua paciência evangélica: ela ficava minutos e minutos curvada, tateando. Talvez a vergonha de possuir uma fortuna pela qual não lutara a encurvasse numa flexão forçada, tornando-a também fisicamente humildosa.

Fora fácil fisgá-la. Morava numa casa senhorial, dessas tão grandes que não se sabe quem mora lá dentro. Afastada da rua, escondida no meio do jardim antiquado, a casa parecia encabulada do prédio cabeça-de-porco erguido ao lado. Prédio onde ele morava, precisando subir muito alto, percorrer quilômetros de corredor até o quarto muito pequeno e quadrado, só cabendo ele dentro porque sua bagagem era modesta.

Uma sorte, terem sido vizinhos. O encontro casual, ela descendo do carro, quase pedindo desculpas aos transeuntes pela existência do motorista fardado. O cerco. O planejamento. A deslavada audácia de bater-lhe à porta.

— Estou cogitando organizar uma incorporação e gostaria... Pretendiam vender a casa?... Um possível negócio...

O ar idiota e perturbado de Cristina, o vestido caro mas sem gosto escorregando-lhe sobre a ausência de curvas. Balbucios de um:

— Oh, não... O senhor compreende... Meus pais morreram e me deixaram a casa. Quer se sentar, por favor? Ah, aqui está o meu padrinho...

O padrinho-tutor jogava damas. E de dama em dama, deixando o velho ganhar, ele conquistara a vitória final, casando-se com a moça. E ela não fazia muita diferença das damas de madeira do jogo: foi facilmente manejada até o fim.

Cerimônia simples, na capelinha da casa. A família era apenas eles três. A velha ama, chorando o tempo todo. A velha cozinheira, a velha arrumadeira, o motorista também velho. Pareciam pertencer ao Museu do Tempo. Pouquíssimos convidados. Abençoada escassez!

A noiva, envolta nas rendas amareladas que já haviam vestido outras gerações, parecia um bolo solado recoberto por uma camada de creme azedo.

Moradia garantida no confortável solar. Terno alugado com a promessa de pagar depois. Lua-de-mel na casa de campo. Dava-se, a si mesmo, magnífico presente de núpcias. O dote ultrapassara as suas expectativas. E pormenor indiscutivelmente sábio: comunhão de bens. Bens demais, bom demais.

Depois, o cacetismo diário, a inevitável e aborrecida rotina. Rapidamente contrabalançada pelas aventuras fora de casa, o joguinho semanal com o grupo. Por simples questão de hábito, ainda continuou trapaceando.

Ganhou procuração com os poderes que ambicionava. Comia bem, acordava tarde, adulava os criados, jogando damas até a partida final. Sufocou sob as mais caras flores o enterro do parceiro, seu maior perdedor: perdera para ele tutela e fortuna.

Decorou luxuosa e extravagante *garçonnière*. Vestia-se com etiquetas caras. Mas sentava-se ao lado do motorista, na mais simpática das simplicidades.

Tratava a mulher de modo afável. Talvez pressentisse algum dia ocorrer-lhe a idéia de matá-la e já sentisse uma certa piedade.

Não precisava desperdiçar amor em casa, nem sequer fingi-lo. Aqueles ossos frios, após o espanto da lua-de-mel, refugiaram-se no quarto vizinho ao seu, a porta sempre fechada à chave.

Se agüentou assim um ano, deveu-o ao tamanho da casa. Os encontros casuais com a mulher rareavam. As conversas, vazias de qualquer assunto, foram se tornando expressões monossilábicas. Ela gostava de se enroscar na poltrona do escritório. Afundando os ossos duros na almofada de couro mole, afundava-se igualmente na leitura. Se tivesse vivido cem anos, ainda teria deixado de ler a metade dos livros, tantos eram. Melhor assim. Dispensava diálogos. Se algum dia ela o chamasse na rua, ele não lhe reconheceria a voz.

Mas era generoso. Com o dinheiro dela, é claro. Comprou-lhe um carro esporte último tipo que ele mesmo começou a dirigir. E uma lancha, para tirar do mofo o título do clube.

E contudo Cristina estimulava-o a continuar enganando-a e subtraindo-a, pois nunca se queixava. Em pouco tempo, o entusiasmo pueril de recém-casada escondera-se na miopia dos olhos de cor não identificada.

O que jamais lhe ocorreu, por menosprezar a inteligência da mulher, é que ela pudesse ter descoberto a farsa.

Cristina acomodou-se à condição de mulher casada sem ter o marido na palavra exata. Aceitava as desculpas dele, as viagens, o silêncio, dando em troca meneios de cabeça compreensivos e movimentos labiais não completando sorrisos.

Convívio de tal modo sem enredo, destituído de qualquer vibração, tornou-se vivência carecendo colorido.

Então, num dia de tédio maior, resolveu matá-la. Cristina precisava morrer. Mesmo acomodada, seria sempre um estorvo. Viuvez, a maneira mais prática e correta de se ver completamente livre da insípida prisão familiar.

Aposentou chofer e cozinheira. Internou a velha ama doente no asilo. A arrumadeira foi indenizada. Cristina concordou, tristonha. Mas sem objetar. Vivia para ser manejada igual à peça do jogo de damas. Seus companheiros eram afastados e ela nada podia fazer, além de esperar o próximo lance.

Mudaram-se para o apartamento na zona Sul. Não viram, assim, as tradições do solar se transformarem em ruínas, pedras e tijolos demolindo o passado. Salvaram-se os livros. Se não os houvesse, de que jeito ele suportaria Cristina?

Tornou-se, então, esportivo. Os passeios de lancha foram ficando mais freqüentes. Ela, a princípio, não ia. Mas ele começou a reclamar sua presença, insistindo para que o acompanhasse. Dócil, apesar de temerosa, ela não podia recusar os passeios de barco. Cada vez iam mais longe. Cada vez mais rápido. Ele tinha pressa em matar Cristina.

Deu-se no fim de semana em que decidiu dormirem na lancha. Cristina mal sabia nadar. Estivera aprendendo com ele. Fazia progressos lentos, enfrentando as águas cheia de medo. Dormir na lancha apavorou-a.

Mas foi. Foi e não mais voltou. Cristina morreu afogada. Para seu mundo de curto diâmetro. Para os banqueiros e os advogados. E para ele.

Jamais usar violência, avisava-se. Suavidade e galanteria podiam não caber em certos casos. Mas arte, cabe sempre. O assassino requintado e inteligente usa boas maneiras. Deixa a vítima sucumbir sem matá-la.

Exatamente o que ele fez, alguns minutos após o persuasivo, embora não muito convincente:

— Vamos nadar, querida?

O mar estava polido e brilhante pela claridade da lua. Esta se refletia nas águas, tornando a escuridão menos tenebrosa. Se de dia era difícil, à noite, pior. Apesar disto, Cristina acompanhou-o, descendo pela escadinha, devagar, adiando o medo.

Ele puxou-a, cuidadoso, pela mão. Afastaram-se do barco. E largou-a delicadamente à mercê de sua trêmula insegurança. A ilha mais próxima, algumas milhas adiante: monte escuro e deserto, as árvores parecendo garras, na tentativa de prender o céu. E a linha do continente, tão longe, apenas adivinhável. Quando a lancha se afastou, a última coisa que ele viu ao olhar rápido para trás foi o braço de Cristina.

Se tivesse se dado ao luxo idiota de alimentar amigos, teria sido uma tragédia. Mas não possuíam amigos. Foi, então, simples caso de afogamento, sem repercussões. Tudo pode acontecer, no mar...

Ele viajou. Procurou atordoar-se a fim de esquecer aqueles braços debatendo-se, também parecendo garras, na tentativa de se agarrarem à salvação. Os braços de Cristina.

Voltou melhorado de espírito. Viveu tempos de prosperidade. Empregou o dinheiro com argúcia e sucesso. Possuiu as mulheres que quis, não precisando matá-las, quando se cansava delas. Apesar do tempo, sentia-se jovem e sua imagem refletida no espelho ainda não começara a preocupá-lo.

Adquiriu moderno e bonito apartamento, renovando o mobiliário. Tudo moderno. Antigüidades poderiam levá-lo, perigosamente, às lembranças do passado.

* * *

E então, Krystina. Loura e bela Krystina. Formas bem contornadas, esguia e graciosa. Seria estrangeira? Se lhe ouvisse a voz, juraria surgir sotaque.

No espaço entre a Cristina que deixara morrer (proibia-se o verbo assassinar) e a Krystina encontrada no elevador de seu edifício, colhera saudável safra de mulheres morenas. Sentia-se atraído e fascinado pelas louras, mas de certa forma sempre as temera. Talvez por julgá-las inacessíveis. É claro, não era homem que mulher repudiasse. Ardente e bem apessoado, supunha-se. Mas a intuição lhe segredava serem as louras autênticas, ou mesmo as quimicamente fabricadas, mulheres difíceis e perigosas.

Procurou, perguntou e descobriu: Dona Krystina, casada com o médico do sétimo andar. Haviam morado no exterior e acabavam de comprar o apartamento.

Ficou tão impressionado e até envaidecido ante a possibilidade de conhecimento maior com uma loura, K e Y no nome, só momentos depois constatou a coincidência: Cristina... Reagiria contra qualquer associação. Dose dupla de uísque e muito gelo ajudaram-no a recuperar o entusiasmo.

A partir de então, observou. Já sabia mais ou menos o horário das saídas e entradas de Krystina, o que facilitava a série de coincidentes encontros na portaria, garagem e elevador.

Ela gostava da praia. Deitada na areia, esquecia o tempo, lendo. Da janela, observava-lhe o corpo lindo, amorenado. Mas aquela absorção pela leitura irritou-o. Teve vontade de descer, tirar-lhe o livro e jogá-lo ao mar. Mar. Por que se lembrava dele, ligado à idéia de eliminação? Cristina e seus malditos livros... Era preciso esquecer. Não se deixaria mais perturbar pelas lembranças que voltavam, sem permissão, camufladas em associações.

Teria sido desde o primeiro encontro casual, ou após tantos outros planejados, aquela atração forte que sentia por Krystina? O rasto do perfume suave, o dourado quente de sua presença rápida começaram a envolvê-lo. Deixou-se envolver. Desejava-a. Continuou contemplando-a na areia. Fez esforços para ignorar o livro.

Ela era especial. Especialíssima. Certo quê de mistério tornava-a diferente das outras mulheres. O andar, deslizante e sensual. Mas havia pureza nos olhos azuis, parecidos com os de uma boneca (seriam lentes de contato?). Os tons de sol no brilho do cabelo e no bronzeado da pele. Um enfeitiçamento.

Ele percebeu, aos poucos, algo de provocador nas maneiras dela. A coincidência dos encontros e o encontro dos olhares. Estaria correspondendo e usando o mesmo ardil, vigiando-o? Sentiu que ela se aproximava.

O raciocínio era absurdo, ilusório, mas seria maravilhoso se ela estivesse tentando seduzi-lo. Por que não? As emoções, o rebuliço interior que ela lhe causava, começaram a sofrer mudanças. Sentiu, então, não apenas desejar Krystina. Amava-a. Ficou intensamente comovido ao descobrir, pela primeira vez na vida, sua capacidade de amar. Achou-se mais humano, menos calculista. Mudado. O que não contava agora era o dinheiro. De certa forma, até atrapalhava. Se ela não o tivesse, poderia comprá-la.

Junto com o amor, vieram os ciúmes. A existência do marido torturava-o. Baixo, gordo, cabelos cor de mostarda, rosto rosado, o aspecto mais limpo do que propriamente elegante. O que teria feito Krystina amá-lo? E ela o amaria, realmente?

Angustiado, entregava-se ao amor incrivelmente platônico, entre sorrisos insinuantes, olhares prolongados e fixos.

Na primeira vez que ousou falar-lhe, obteve resposta sussurrante e sorriso malicioso. A reação dela fez-lhe cócegas nos nervos. Desconfiou, então, que ela gostava de ser gostada por ele.

O edifício era sólido, as paredes não deixavam escapar ruídos. Entretanto, ele ficava horas deitado, o cigarro aceso imaginando os passos de Krystina no quarto acima do seu. Sim, devia ser o quarto dela. Mas estaria deitada com o marido. Nos braços do 'outro'. Tentou um esforço enorme para afastar da mente o pensamento desagradável.

Cada noite, voltava o desespero. Cada noite, inventava nova fórmula para se despreocupar. A melhor delas estava na própria profissão do marido: médico.

Médicos precisam dormir bem. Lutam o dia inteiro contra a doença e a morte. À noite, devem estar exaustos. Se fosse cirurgião, ele seria prudente contra excessos. E não existiam especialidades que tiravam médicos da cama, obrigando-os a longas vigílias em hospitais?

Numa tarde de solidão maior, recebeu o envelope, um convite dentro. Krystina e o marido o convidavam para coquetéis, na semana seguinte.

Experimentou a excitação das alegrias inesperadas, aguardando a festa com o entusiasmo da debutante pelo primeiro baile. E foi a semana mais lenta do ano, arrastando-se preguiçosa.

Esperou ainda, antes de subir ao sétimo andar. Queria Krystina impaciente. Já tivera casos com mulheres casadas e, embora desta vez fosse diferente, sabia a engrenagem da coisa: precisava fazê-la esperar, para tê-la mais depressa.

Nervoso e um tanto intimidado, foi recebido com gentileza e naturalidade. Acabou descontraindo-se, misturado aos demais convidados. E sentou-se, para melhor apreciar o mundo de Krystina. Um mundo médico, reconheceu de pronto. Doutor de tal, Doutor de qual, aquilo mais se assemelhava a um congresso de Medicina.

O sorriso e os olhares de Krystina lançavam-lhe mensagens, ou seria o desejo dele em captá-las que animava sua imaginação? Vestida em musselina verde, ela parecia uma onda de mar. E os olhos, até então azuis, misturavam tons. Olhos de boneca. Olhos de louça.

Aceitou o copo que ela lhe ofereceu. Logo sentiu, agradavelmente zonzo, ser a bebida tão estonteante quanto Krystina.

De onde estava, podia escutar fragmentos de conversas operatórias e apresentação de professores, admirando o garbo dos medalhões. Participava, como espectador atento e curioso, do ambiente tão diverso daqueles que freqüentava. Todos dando a boa nota de distinção e austeridade, na maneira de conversar e sorrir. Contrafeito, não gostou da maneira carinhosa com que Krystina tratava o marido. Ela exagerava atenções, mostrando-se orgulhosa em exibi-lo. Provocação, na certa. Aviso prévio de uma felicidade conjugal talvez inexistente. Desafio. Seus olhos turvos, atingidos pela deliciosa mistura de mais um cálice, não conseguiam decifrar o vermelho da boca de Krystina, sorrindo de longe. Ela flutuava a figura graciosa pelo salão, com arzinho petulante, e então mais se assemelhava à onda do mar, inconstante e agitada.

A velha experiência tranqüilizou-o, porém. Conhecia as táticas do 'não estou carecida de amor', ou 'veja como sou bem casada'. A segurança exibindo 'sou linda, mas já tenho dono', o desafiante 'não serei fácil' poderiam ser interpretados assim: 'Estou louca por você, mas preciso manter a classe.'

Ele, de súbito, odiou *aquele* marido. Nos antigos tempos de ligações superficiais, até conseguira simpatizar com alguns. Geralmente não o enciumavam. Pelo contrário, era grato a eles, pois o absolviam de responsabilidades, sendo ao mesmo tempo os melhores guardiães de suas amadas.

No marido de Krystina, algo diferente. Muito senhor dela, muito dono. Ou seria ele, *o* agora diferente? Achou-a demais solícita, para o homem que nada mais era do que um simples marido. Quem sabe, aquilo não seria apenas representação? Representa-se mais, em festas de sociedade, do que no palco dos teatros. Talvez ela estivesse presa a ele somente pelo dinheiro e situação. Talvez sonhasse com a liberdade, algumas vezes. Aquele doutor sóbrio e de boas maneiras, tão limpo e impecável que até parecia esterilizado, feliz pelo evidente sucesso profissional e doméstico, saberia ele nadar?...

O mar, de novo. Um arrepio subiu-lhe (ou teria descido?) rápido e frio pela espinha, fazendo-o estremecer. Virou quase de um gole o conteúdo do copo.

Aproximaram-se dois senhores e ele prestou atenção no que diziam. O assunto, cirurgia plástica, era interessante. Mas sentiu-se, entre os cirurgiões plásticos, na posição de jogador de futebol num concílio ecumênico. As frases brincavam-lhe nos ouvidos, chegando soltas e flutuantes como a figura de Krystina:

— A modificação fisionômica pode alterar a personalidade...

— ... Um ato de misericórdia...

— Há casos de alterações tão básicas, a pessoa torna-se irreconhecível pelos próprios parentes...

— ...Até perigoso, no caso de criminosos. Os traços novos ficam sendo o próprio esconderijo...

Mas onde estaria Krystina? Precisava admirá-la, para tolerar a reunião. Os dois médicos afastaram-se, com seus fragmentos de conversa, e ele estava de novo só.

A imagem verde e esvoaçante surgiu e furtivamente desapareceu, reaparecendo mais atraente e perturbadora. Lembrava uma borboleta, com suas asas descobrindo o mundo.

O despertar, na manhã seguinte, foi a lembrança de Krystina. Chamou o criado, pediu suco de fruta e um comprimido contra dor de cabeça. Nem a visão suave de sua memória conseguira evaporar os efeitos dos coquetéis traiçoeiros. Mas derrotou o mal-estar sob a ducha fria.

Abriu o catálogo, sublinhando o número, a lápis. Tirou o fone do gancho e discou. Tinha um bom motivo: agradecer a noite agradável da véspera. A voz de contralto respondeu-lhe, em surdina, como se já esperasse o telefonema.

Aquilo foi o começo. Depois, aconteceu o primeiro encontro não casual, na clandestinidade do apartamento dele, entre as sombras da lâmpada e a tontura deliciosa da bebida. Krystina gostava de preparar coquetéis e fazia milagres com a vodca.

O encanto e a arte de seduzir lembravam nela as artimanhas de uma gata. Silenciosa e sorrateira, presença quase felina. Não falava, sussurrava. Deixou-se possuir sem pretender virtudes nem alardear remorsos. Não se queixou do marido, nem citou outros homens, deixando-o na dúvida de quantos amantes tivera. Quando se foi, deslizante como entrara, ele adormeceu convencido de que sua paixão por Krystina era sincera e irreversível.

Sofrendo a ansiedade que precede os desejados e dificultosos grandes momentos, aguardou novos encontros. Sucederam-se, não com a freqüência esperada. Mas com a discrição e o ritual quase místico da primeira vez. Havia muito de sublime em Krystina. Ela não desgastava os momentos de amor com banalidades. Poucas palavras e pouco se mostrava. Nisto consistia um de seus maiores encantos. A emoção da primeira vez repetia-se, intacta e preservada.

Já não mais compreendia a vida sem Krystina. Precisava dela para todos os momentos que ainda fosse viver. Já não se contentava com os encontros rápidos e fortuitos. Queria-a para sempre.

Impulsivo, mas sincero, confessou-lhe isto. Ela vestiu-se e saiu mansamente, deixando-o desapontado e infeliz. Frustrado com a própria desabilidade, perguntou-se o que a teria feito reagir assim. Aflito, esperou.

Chegou uma carta. O cheiro doce de Krystina. Seria um adeus? Trêmulo, rasgou o envelope. A folha de papel, palavras batidas a máquina. Ausência de assinatura. Mas era dela.

Amava-o, sim. E muito. Queria viver com ele. Já não eram, porém, adolescentes. Necessário raciocinar de modo lúcido, sem a interferência de paixões. Qualquer ligação, após abandonar o marido, não lhe daria segurança. Futuros são algo imprevisíveis...

Então, era este o único problema. E ela não sabia que, para ele, valia tudo. Homem de fortuna, maduro, solitário, a idéia de compartilhar as posses com Krystina pareceu-lhe o mínimo de generosidade.

Respondeu, ávido de presenteá-la com a segurança. Sim, faria um testamento. Ela se contentava com isto?

Sim, aceitaria o advogado dela. Que este preparasse os termos, redigisse a minuta, ele assinaria.

Como as pessoas mudam, quando amam! Fora sempre cauteloso e prudente com as mulheres. Mas Krystina era, sob todos os aspectos, uma criatura diferente. Diferente e maravilhosa. Mais do que isto: indispensável em sua vida.

Vivendo-se uma grande alegria, sempre existe o medo de perdê-la ou destruí-la. Se ele perdesse a alegria do amor de Krystina, estaria perdendo a si mesmo. Se destruísse uma partícula do sentimento que ela tão ardente e espontaneamente lhe dedicava, estaria se autodestruindo.

Tal pensamento ocorreu-lhe, ao relembrar o rosto feio e inexpressivo de Cristina. A recordação do passado insistia, intrometendo-se entre ele e a felicidade. Forçou esquecer. Não permitiria ameaças, nem mesmo vindas de sua mente. Cristina estava mergulhada no fundo de um mar calado. Mar incapaz de acusá-lo ou traí-lo. Só ele poderia acusar-se, trair-se. E, se o fizesse, estaria cometendo um ato insensato de desamor para consigo.

Se o desconforto na consciência fosse remorso, este tenderia a crescer. Era preciso aprender a enfrentá-lo, lutando com as armas da coragem, combatendo-o no início, para evitar metástases no espírito. Manter o medo distante de si. O remorso é desconfortável, mas o medo é sinistro.

Coincidências chegam sem aviso. Falou-se em mar. Krystina adorava barcos. Ele, num impulso de vaidade, contou-lhe possuir um. Ela insinuou, depois pediu.

O marido, há anos, costumava pescar à noite, mas já não tinha mais tempo para tais diversões.

Poderia ele negar alguma coisa a Krystina? Orgulhou-se de proporcionar-lhe o prazer que o marido não lhe oferecia mais.

A lancha continuava oculta sob a lona, à espera. Até os barcos sabem esperar. Contratou pintores e mecânicos. Não enfrentaria a 'testemunha' sozinho. Krystina estaria junto dele, estimulando sua coragem. Empolgava-o, também, a perspectiva de um primeiro fim de semana a dois. Depois, a vida inteira.

Partiram sob o brilho da lua cheia, afastando-se horas, em busca de um lugar tranqüilo e deserto. Seguiam a faixa de luz riscada no mar, envolvidos pela noite. Noite diferente.

Diferente? Não, não tanto. A lembrança subiu-lhe à tona da consciência, igual ao peixe quando salta, rápido e curioso, o minuto de mostrar a cauda e mergulhar os olhos sempre abertos e assustados. A lembrança de uma noite muito remota, reaparecendo agora na água banhada de lua, refletida no mar polido e brilhante...

Compreendeu que, se não enfrentasse o temor e o fizesse recuar numa retirada estratégica e definitiva, não o venceria jamais.

O barulho dos motores irritava-o. Felizmente, aproximavam-se da ilha redonda e deserta, Krystina dirigindo o barco, despreocupada e feliz. Invejou-a. Devia ser uma sensação absolutamente leve, conservar a mente limpa de culpas e medos. Mas, medo de quê? E por que este medo crescia em proporção à sua felicidade, angustiando-o a ponto de roubar-lhe os melhores momentos?

Ao atirar a âncora, o baque do ferro e sua descida direta, respingante, aliviaram-no. As coisas, quando descem, permanecem no fundo. Se há um tempo de flutuar, existe o irremediável instante da descida definitiva.

Krystina fora cautelosa, parando afastado da terra. Havia pedras perigosas, espreitando à tona. A lua acariciava a superfície do mar. Se os raios de sol mergulham, a lua também devia estar espiando, lá no fundo. Mais adiante a ilha erguia árvores escuras ao céu, recortando a noite com seus galhos desiguais. Galhos que pareciam braços estendidos, pedindo socorro.

Krystina ofereceu-lhe a bebida e um sorriso. Ele precisou de algumas doses para conter-se e não cometer a imprudência de contar-lhe tudo. Só isto não poderia jamais compartilhar com ela. Só isto não poderia dar-lhe: o seu segredo.

Ela despiu-se. O corpo magnífico prateou-se de luar e um perfume doce desprendeu-se com seus movimentos. Tomou-a nos braços. Mas ela, ágil, libertando-se do abraço, atirou-se ao mar. Foi tão rápido, ele ficou alguns minutos parado, sem compreender. Debruçou-se no costado da lancha, procurando-a com os olhos já turvos, atingidos pela bebida. Ela devia ter nadado para o outro lado, ocultando-se atrás do casco.

Chamou-a pelo nome, com carinho. O som de sua voz espalhou-se pela noite e nenhum eco voltou. Mas dentro do cérebro, que ele sentia meio anestesiado pelos efeitos da bebida, ouviu sua própria voz ecoar:

— Cristina!...

Arrepiou-se. 'Afinal, que bebida é esta que tão rapidamente me perturba?'

Tentou se desvencilhar do medo, transformado em pavor, que se torcia como um polvo, bem perto dele (ou já dentro dele?), aprisionando-o entre os tentáculos. Cambaleou até o costado, debruçou-se, gritando bem alto:

— Krystina!...

Desafiava o mar, as árvores negras, a lua muito clara. Desafiava Cristina e o próprio pavor.

— Krystina!...

Era uma luta entre palavra e pensamento.

Mas o grito ecoou-lhe no cérebro com a força de uma pancada:

— Cristina!...

Apertou a cabeça entre as mãos, tapando os ouvidos. Só quando não escutou mais a sua voz no pensamento, deixou cair os braços, e depois o corpo amolecido, no banco da lancha.

— *Vamos nadar, querido?*

Krystina estava bem perto, e ele recebeu com alívio sua risadinha abafada. A voz sussurrante era uma carícia.

— *Vamos nadar, querido?*

Krystina o chamava. Não ousava desapontá-la. E era preciso tê-la de novo bem perto, para sentir-se forte. O mar faria bem, refrescando-lhe a mente. Despiu-se e desceu, vagaroso, parando em cada degrau da escada. Sentiu-se um velho.

— Aqui!

O choque da água fria revigorou-o. Nadou na direção da voz. Mas não conseguia vê-la. De nada adiantava a lua, Krystina era mais esperta.

— Aqui!...

Mergulhava de mansinho e seu chamado emergia de outro ponto no mar.
Depressa ele descobriu faltar-lhe a antiga vitalidade. Embora cansado, prosseguia. A bebida forte, a água gelada, o corpo de Krystina... Tudo junto, demais para a sua idade. Apesar disso, esforçava-se. Mas seus esforços estavam sendo anulados pela correnteza. Traiçoeira e macia, a água o empurrava. Só muito tarde compreendeu, quando avistou a lancha distante e não mais escutou Krystina. Quis chamá-la. Não conseguiu, temendo o som da própria voz.
Tentou boiar, quando a cãibra ameaçou. Esta estendeu-se pelas pernas, paralisando-as. Tudo estava acontecendo muito rápido, naquela noite cheia de lua. Só seus movimentos tornavam-se cada vez mais lentos, os braços empurrando a correnteza. As águas vencendo, arrastando-o. Zoeira na cabeça, respiração acelerada, já não possuía forças para a luta desigual. Se não fosse pelo mar engolido, ele mesmo engoliria o mar...
Um gole demorado de água salgada impediu o grito de socorro. Naquele justo instante, escutou o ruído rouco dos motores e percebeu a lancha vindo em sua direção. Estendeu para cima o braço que já não sentia fazendo parte do corpo. A dormência obrigou-o a cair, pesado, batendo na água.
A proa do barco, branca e pontuda, agigantava-se. Uma onda de esperança subiu-lhe alto, na idéia: a salvação! Novas forças se espalharam pelos membros entorpecidos.
Krystina viera a tempo. Krystina viera salvá-lo!
A lancha estava bem perto, velocidade diminuída, os motores resfolegando. Ergueu os olhos, ansioso.

Foi então que *a* viu. Sorrindo para ele, fitava-o. Um longo e distante olhar de quem chega ao fim da espera. Sentada ao leme, imóvel e emudecida, a visão quase real de *Cristina*.

Desesperado, ainda em luta contra a correnteza, seus olhos apavorados se grudaram nos dela. Não estava mergulhada há anos no fundo daquele mar contra o qual ele agora lutava? Por que sorria, na terrível expressão de desprezo e piedade? Meu Deus, onde estaria Krystina?...

Atordoado, misturou o tempo. Já não havia distância entre as duas noites. A noite era agora uma só. Ele, no lugar de *Cristina*. E as duas mulheres se confundiam em sua mente.

Desistiu da luta. Entregou-se ao mar. Seu corpo desceu lento, corpo de um boneco. Sua mente, no minuto final em que se desligou da vida, gemeu o último apelo:

— Krystina...

Não queria, não queria... Mas uma força maior, penetrando-lhe no cérebro igual raiz viva e profunda, mais profunda, talvez, do que o mar, respondeu dentro dele:

— Cristina...

Angra dos Reis
1970

∞

CAI FACEIRA

CAI FACEIRA

'TIA Cleo tem o rosto claro e liso, e usa os cabelos ruivos repuxados para cima, arrematados em coque. Lembra uma cebola descascada, lisinha, sem asperezas. Mas tem o perfume das damas-da-noite. Perto da janela do meu quarto cresceu um arbusto, e nele abriram flores que me perturbam à noite com seu cheiro doce.

  Gosto de tia Cleo, mais do que das outras tias verdadeiras. Ela é apenas tia. Se não fosse a mulher do tio César, seria apenas uma estranha. Na nossa família, os de fora serão sempre estranhos. Podem tomar chá na mesa da Vovó, podem até dormir no quarto de hóspedes. Serão sempre os de fora. Não se integrariam nunca, mesmo que vivessem conosco. 'Sangue é sangue', ouço sempre isso. Parece advertência: ninguém é melhor do que nós. Tia Cleo não tem nosso sangue. Foi aceita porque se casou com tio César. Aconteceu também com tio Marco, tio Augusto, e os maridos das tias verdadeiras. Mas casamento, para nós, é uma coisa tão sagrada que os cunhados se chamam irmãos e o sangue se mistura.

Gosto de tia Cleo, primeiro porque ela é linda. Tem movimento. Seu corpo ondula, quando fala. Faz gestos, enquanto as outras tias bordam. As mãos e os braços de tia Cleo são livres. O modo dela falar, também. As tias falam baixinho, concordam com tudo, e abaixam os olhos. Tia Cleo olha de frente, e quando diz as coisas, não parece ter medo. E tem uma voz assim perturbante, igual ao perfume das damas-da-noite.

Sou seu sobrinho preferido. Sempre desconfiei, e hoje fiquei sabendo. Também, não chateio. Só olho. Sou o mais velho e Vovó já disse que a Fazenda vai ser minha. Disse naquele ano, quando eu prendi o choro e agüentei firme a morte de mamãe e papai. Uma espécie esquisita de morte, que não deve ser falada e onde não houve doença. Só gritos. E a voz de tia Cleo, muito controlada:

— Não tenho culpa. Ela sempre foi ciumenta de todos...

Mas tia Cleo chorou escondido, eu sei. Aparecia de olhos inchados, olhos fundos, e uma vez, uma só, segurou meu rosto e disse:

— Nenhum é igual a ele! Nenhum jamais será igual a ele! Seu pai era um Homem! E ela... ela não tinha o direito de fazer aquilo...

Eu não me sentia infeliz, cercado de tanto carinho. E Vovó, desde aí, deixou minha coleção de bichos em paz. Mas tia Cleo não teve mais paz. Fizeram um cerco de silêncio em volta dela. Só Vovó ainda conversa com tia Cleo. E se antes eu achava que era pelo tio César, hoje acredito que era também por meu pai. Vovó ama quem ama os filhos dela.

Também gosto de tia Cleo pelo enfeitiçamento que ela provocou nos tios. Eles a admiram, mas em silêncio. Estremecem, quando perto dela. Não ficam à vontade. Mas eu sei por quê. Nenhuma das tias tem o colo tão branco. Nenhuma puxa o cabelo deixando ver uma nuca tão linda. Nenhuma caminha igual a ela. E até hoje, só tia Cleo montou um cavalo e saiu galopando, o vento no rosto, sumindo sem medo pelo bosque.

Gosto dela porque ela gosta de bichos. Pediu para ver minha coleção de insetos. Riu daquela aranha presa na caixa de papelão.

Coitados dos primos. Não sabem descobrir. São tão tolos, um jogo dentro de casa ou no jardim dura para eles horas inteiras. Acabam suados e felizes. E só pensam no jogo do dia seguinte. Eu vivo uma espécie de jogo às escondidas, que todos reprovariam se soubessem. Principalmente as tias. O lugar do jogo é bem longe, no bosque. Atravesso o capim-gordura, que faz ondas arroxeadas na pele da terra, e subo até Cai Faceira, escutando a água despencar nas pedras, e seguir pelo rio abaixo. Uma beleza! O bosque é mágico, o sol penetra nele de mansinho, entre as árvores finas e altas. Já fiz amizade com todos os bichos, e no começo deste verão trouxe de lá Cora e seu colorido vivo e hostil. Hostil para os que a detestam e a temem, censurando Vovó ter permitido ela no meu quarto de coleção. Mas Cora até hoje tem sido minha amiga e soube ser sensata. Nunca tentou indiscrições. Fica quietinha em seu lugar, exibindo seus trejeitos e coloridos para mim, e se enroscando, fingindo dar o bote.

Jogo às escondidas, o meu. Excitante, diferente. Começa no bosque, onde as folhas tostadas pelo calor caem e cobrem a terra, estalando sob os cascos de minha égua Fúria, que é mais mansa do que um jabuti. Apeio, amarro Fúria, e vou espiar. Espiar não incomoda ninguém, se depois a gente não fala. E eu não falo. Não conto o que vejo. Não que eu seja bonzinho. É que adoro tia Cleo, e não gostaria de estragar o jogo dela. Nem o meu.

Ela parece uma santa, toda nua, banhando-se na cachoeira. Esquisito, ela parecer uma santa. Li que Vênus nasceu das águas, mas tia Cleo é mais santa do que deusa. Há uma certa humildade em sua nudez. Levanta os braços, e tenta segurar as pontas de Cai Faceira. Os seios de tia Cleo são tão bonitos, parecem duas flores. O corpo dela é puro. Quando vejo um dos tios tomá-la nos braços, fecho os olhos e fico escutando os dois. Tia Cleo torna aquilo a coisa mais bela do mundo. Recebe os carinhos com emoção. Gosta de ser mulher.

Volto antes, para vê-la surgir, risonha e rosada, na colina onde o capim é mais rosado do que roxo. Galopando seu cavalo cor de mel, não parece voltar de um pecado. Parece estar em estado de graça. Tia Cleo dignifica até mesmo o amor que não deve, nem pode ser. O tio chega bem depois, fingindo galopada maior, para outros lados, outros motivos. Mas o olhar brilhante, igual ponta de faca. Nenhum tio escapou. Ela é absoluta. Domina. E mata de ciúmes as tias. Elas fingem que não sabem, e os tios estão começando a se odiar entre eles. E tio César, que nunca banhou-se na cachoeira, e é o mais moço de todos, parece muito mais velho. Não ri mais, e quase não fala. Nem fica feliz de ser o marido de tia Cleo. Se ele levasse ela

para o bosque e beijasse ela com a paixão dos outros, ficaria mais jovem. Coitado do tio César...
Nunca pude escutar direito as discussões atrás das portas grossas de madeira. Mas, acredito, são os momentos mais sinceros da família, sem fingimentos nem representações. Cada um mostrando sua alma, gritando seu pensamento. Tia Cleo sempre esteve presente nas discussões, embora na verdade estivesse em seu quarto, soltando os cabelos e escovando-os em silêncio. Entre ela e tio César, só o silêncio. Desde a morte de meu pai.
Vovó está sofrendo enxaquecas cada vez mais freqüentes. Ninguém mais disfarça preocupação. O verão vai acabar. A paz, já acabou. Cora sempre escuta os meus relatos. Participa de minhas dúvidas. Mas já percebi que não gosta de tia Cleo. No dia em que ela entrou no quarto das coleções e viu Cora enroscada num canto, riu e disse: — Tão bonitinha... tem certeza de que não é venenosa?
Cora não apreciou aquela falta de medo. É pequena, miúda, e cheia de cor. Mas é vaidosa. Gostaria de ter escutado gritinhos. Queria ver uma tia Cleo amedrontada, mas isso jamais ela verá. Tia Cleo não teme.
Há dias, depois que ela disse, nos braços do tio Marco: — É melhor terminarmos, querido. Nem você consegue me fazer esquecê-lo... — desde esse dia tia Cleo não voltou mais acompanhada. Vai respirar sozinha o ar puro do bosque. Cismadora, olha a cachoeira, como se estivesse vendo seus sonhos despencarem com as águas.
E ela tem me olhado do mesmo modo. Não sei se estou orgulhoso. Mas sinto igual àquela vez da febre

alta. Contei à Cora. Ela não gostou. Enroscou-se num canto, amuada. Eu tinha dito à Vovó que ela não tem veneno, só para tranqüilizá-la. Mas desconfio. Cora mostrou-me a língua e fez malcriação. Se não é, está ficando venenosa. Ciúmes?

Hoje tia Cleo chamou-me. Fica parecendo uma menina, com os cabelos caídos nos ombros. Pediu para eu empurrar o balanço, e fiz isso com alegria. Gosto de servir tia Cleo. Largo todos os meus bichos e vou correndo atendê-la. Disse que estou muito alto e forte. Beijou-me antes de sentar no balanço. Fiquei segurando a sombrinha dela. Quis o balanço mais alto. Larguei a sombrinha no gramado e empurrei. Mas tia Cleo não devia estar sentada direito. Levou um pequeno tombo e eu quase morri de susto. Fui ajudá-la, mas caí também. Caímos juntos, rindo muito. Foi engraçado...

Cora viu. Eu havia colocado sua gaiolinha no terraço, para tomar sol. Cora é fria, mas gosta de calor. Tem um gênio complicado. Vou falar sério com ela. Se não gosta de tia Cléo, é melhor voltar para o mato, onde eu a encontrei.

Vovó disse que está na hora de eu estudar no colégio. Vou ter saudades da família, da casa, dos bichos e do campo. Mas quando eu crescer, vou morar na Fazenda. Nunca mais sairei daqui!'

* * *

Esta carta veio a mim, pedindo para ser lida.

O condicional é um tempo que pode desvendar mistérios. *Se* um tio-avô fazendo noventa anos não tivesse se lembrado de mim, **parenta distante**, para sua herdeira, convidando-me a visitá-lo. *Se* o advogado, ao trazer-me o recado, não houvesse sugerido uma caixa de música como presente. *Se* eu não parasse diante daquela loja de antigüidades. Jamais teria lido essa carta. Jamais teria comprado tamanha coincidência.

Eu só o vi uma vez, ainda menina. E ele já era velho. Levantou meus cabelos e olhou-me de modo que nunca pude esquecer. Não me lembro dele, mas me lembro do olhar. Tristeza e ternura, havia em seus olhos.

O advogado sugeriu a caixa de música, quando lhe perguntei o melhor presente para um benfeitor quase desconhecido. Conhecido de apenas uma vez. E explicou:

— É excêntrico, mas tem sensibilidade. Mora só, no interior. Rodeado pela mais interessante e curiosa coleção de caixas de música. Ouvi contar que é uma busca. Uma procura. A esperança de reencontrar aquela mais querida, de sua infância. E ele continua procurando-a...

Casualmente, eu havia parado diante da vitrina. Talvez estivesse recebendo o seu chamado. Mais linda caixa de música, nunca antes vi. Sobre ela, presa pelos pés, a figurinha em sua nudez de porcelana. A corda ainda funcionando, ela girava ao som da melodia enfraquecida pelo tempo. Os outros objetos da loja também escutavam, admirados. Mais valiosos, mais antigos talvez. Mas não tão belos. Havia uma espécie de gavetinha, sob a pequenina Vênus. Vênus ou santa? Parecia mais uma santa. Mas santas não se despem para dançar ao som da música. Despem a alma, diante de Deus, mas escondem o corpo. E a dançarina nua mostrava o corpo e escondia sua alma de porcelana.

A gavetinha estivera colada durante anos. Tentei, mas não consegui abri-la. Alguém, algum dono anterior, talvez tivesse escondido ali o seu segredo, envolvendo-o com a música. Comprei a caixinha.

Se eu tivesse sido menos descuidada, e *se* o desejo forte de ouvi-la mais uma vez não fosse tanto, a mulherzinha teria dançado para seu primeiro dono, celebrando seus noventa anos. Mas a caixa de louça tornou-se um tilintar de mil pedaços, quando caiu ao chão. Fragmentos de uma nudez muito branca. Santa ou Vênus? A música parou. Só intacta, a carta. Liberta, pedindo para ser lida.

E então, lembrei-me com agudeza da estória fantástica de minha infância. Os tios, no retrato amarelado. Aquele meu tio-avô que espionava tia Cleo na cachoeira. A longínqua tia Cleo que não conheci. Sua beleza e seus segredos. O triste mistério de sua morte. A palavra crime, uma indagação medrosa. As suspeitas que não abandonavam as mentes. Mesmo após terem descoberto a picada de uma cobra. Por que não?

Sonhos despencando com as águas. Cai Faceira...

Pocinhos do Rio Verde
Minas Gerais
1969

∞

O MUNDO JÁ ERA VELHO...

O MUNDO JÁ ERA VELHO...

— SABE, gente, não é por nada... Mas hoje eu faço vinte e sete anos.

Ana desejaria ter contado esta sua aventura num tom simples e natural. Contra a vontade, porém, tudo o que fazia e falava parecia feito de modo forçado.

— Ora viva! Então hoje é dia de festa!

O grupo se acercou da moça pequenina que não aparentava tantos anos já vividos. E ela se viu suspensa pelos braços de Joaquim.

— Ei, me largue! Não sou estandarte!

— Viva! Vivana! Viva-a-Ana!

Andaram assim pela praia deserta e só pássaros e caranguejos escutavam. Havia ali árvores mais velhas do que Ana. E pedras muito antigas. Vinte e sete anos antes aquele mesmo céu cobrira o mundo de um azul igual, ou despejara água, explodindo nuvens pesadas, para depois abrir-se em estrelas antiqüíssimas. E o mar? Há séculos viajava suas águas, assistindo à mudança de formato dos navios, engolindo muitos deles e vendo crescer na orla de suas praias cidades feitas de barro ou concreto.

O mundo já era velho, quando Ana começara a tomar parte nele.

— Nestes anos todos, Aninha, você fez alguma coisa de extraordinário? — quis saber a jovem de maiô violeta.

— Vivi. Não é extraordinário?

O grupo aplaudiu e cada um disse coisa diferente, de modo que as palavras se entrechocaram no ar e caíram no cascalho da praia.

O súbito aniversário de Ana, no meio daquela paz desconcertante, quando procuravam descansar os músculos após a nadada do barco até a praia, dera motivo para ouvirem suas próprias vozes e encherem de algazarra o silêncio.

— Tenho uma idéia! Vamos brincar de esconder! — gritou um dos rapazes.

— Boa! Então, quem se esconde é Ana, porque hoje o dia é dela!

— E quem descobri-la ganha um beijo!

O rapaz louro estalou os lábios e atirou um beijo na direção de Ana. Uma reclamação estridente interrompeu-lhe a mímica.

— Quer dizer que o jogo só vale para os homens, hem, Matias?

Ele riu, enrugando o canto dos olhos. Tinha gostado da reclamação.

— Tá, meu bem. Fica valendo o beijo, então, só para os homens. A garota que descobrir Ana deverá oferecer-lhe o dono para ser beijado!

— Engraçadinho...

A gargalhada foi de todos, mas parecia uma só. Bateu no rochedo alto e negro, onde acabava a praia, e voltou em eco.

Ana sacudiu as mãos, querendo crescer, pedindo silêncio.

— Se sou eu quem se esconde, sou eu quem decide!

Joaquim observava-a com carinho.

— Quem me encontrar, ganhará outro tipo de prêmio. Deixa ver... Um segredo. Serve?

Todos aplaudiram, já curiosos. Quem não se sente excitado ante a perspectiva de um segredo?

Joaquim nada disse. Chutou um punhado de conchas à sua frente.

Estavam alegres, porque aquele era um jogo escondido na infância, já quase esquecido. Fazia-os voltar no tempo e se sentirem crianças outra vez.

Ana deu as costas ao rochedo alto e negro, e saiu às pressas, contornando a vegetação, para atingir as pedras. Joaquim, a testa franzida, gritou:

— Cuidado, Ana! Ainda não conhecemos este lugar!

Ana desapareceu no mato.

Ela estava feliz. Até aquele dia nada de especial lhe acontecera. Sem contar Joaquim, é certo. Órfã de pais, criada pela tia beata e hipocondríaca, vivera entre bulas de remédios e livros de orações, igrejas e consultórios médicos. Terminara os estudos e a tia logo sugerira mais alguns, pois não admitia a idéia de vê-la trabalhando. 'Não fica bem, não precisamos...' E certa noite o coração da velha senhora fizera jus ao seu medo, parando sem preâmbulos de doença. Ana, só e rica, não se desnorteara. Após algum tempo de viagem com outra tia, cuja doença era o muito viajar, resolvera interromper a série de cursos, arranjando emprego no escritório de um advogado amigo. Ali conhecera Joaquim, já indo longe na carreira, rapaz culto e inteligente que sabia aproveitar o talento. Empolgava-se ao escutá-lo no escritório ou no foro, e divertia-se com as máscaras diversas que Joaquim costumava usar, a fim de melhor combinar com seus clientes. Às vezes divergiam em pontos de vista, e discutiam o assunto em debates calorosos e prolongados.

Joaquim possuía um arquipélago de amigos. Eram grupos diferentes, levando diferentes tipos de vida. Ela se entrosara melhor com o grupo esportivo, o 'grupo do mar', que saía para longos passeios de barco querendo descobrir novas terras. Era também o grupo favorito de Joaquim.

Ana procurou integrar-se, e conseguiu aos poucos, porque eles todos colaboravam. No fundo, sentia-se uma antiquada. Diferente das outras, sem o descontraimento tão necessário para a integração completa.

Queria também compreender Joaquim. Para isso, precisaria moderar a opinião rígida, arejar as idéias. Moldando o excesso de unilateralismo, oferecer possibilidades e indulgências para as coisas que aconteciam ao seu redor.

O caso daquele último cliente do escritório, por exemplo. Não podia encontrar outra solução que não fosse uma cadeira elétrica. Se preciso, até criar uma, especialmente. O réu havia chorado no julgamento e a legítima defesa o declarara inocente. A causa entusiasmara Joaquim até a medula. Sua defesa fora um primor de eloqüência. Convencera os jurados, mas não convencera Ana.

— Vocês advogados são todos uns mentirosos!

Ana, muito positiva em suas opiniões. Mas sabia suavizá-las com um sorriso. E era este sorriso que fizera Joaquim bem depressa esquecer as desilusões de um primeiro casamento infeliz. Tinha apenas trinta anos, mas considerava já ter vivido o dobro. Ana o amava 'serei sempre uma solteirona?', mas docemente o repelia. 'Tia Zizinha e suas lições de moral, tão arcaicas quanto ela mesma...' Era preciso *enterrar* Tia Zizinha, para desenterrar a sua própria vontade. 'Teria eu realmente vivido, ou menti para Maiô-Violeta? E por que menti?'

Ana pensava, pulando de pedra em pedra. Quando percebeu, já descia até o mar. Molhou os pés e depois deixou deslizar o corpo inteiro, mergulhando-o na água morna. Boiou um pouco, o suficiente para a correnteza puxá-la dali, sem que ela mesma se desse conta. Lembrou então que procurava um esconderijo. Onde encontrá-lo? Ergueu o corpo, empurrando a água com os braços abertos. Nadou mais longe, e viu. Parecia uma caverna, semi-oculta pelo mato, a entrada fazendo boca de seixos rachados. A erosão trabalha bonito na pedra. O mar é artesão imaginativo.

Ana espiou. Tinha medo, mas também uma curiosidade enorme para conhecer coisas escondidas.

'Almas escondem mundos que nós, advogados, devemos descobrir para oferecê-los aos próprios donos.'

E a resposta dela, desafiando Joaquim:

'Vocês criam é um mundo especial para os seus clientes. Um mundo disfarçado.'

'Vocês, advogados. Os cipoais que escrevem. A justiça cega que os analisa e traduz, com os olhos vendados. Justiça não pode ser cega!'
Já em terra, tendo subido com alguma dificuldade, foi caminhando de gatinhas. O lugar a fascinava. Queria conhecê-lo melhor.
'Conhecer a fundo cada um que recorre a mim, para melhor compreender seus motivos.'
O motivo para matar. Todos nós temos, algum dia, em algum tempo, o motivo. Mas a proibição deve estar também em nós mesmos. Se assim não fosse, eliminar seria um processo automático, usado com a mesma freqüência com que se perdoa.
'Desespero, Ana. Privação de sentidos.'
Ana caminhou devagar, já esquecida de que procurava um esconderijo. O mar subia-lhe até o meio das pernas e ela tomou cuidado para não se arranhar nos galhos dos arbustos. Um deles, parecendo garra seca, roçou-lhe na testa, fazendo-a recuar. Pisava, cautelosa. Mariscos e conchas velhas ocultavam-se entre o mato crescido na areia, mas podia senti-los, ásperos, tentando arranhar-lhe os pés.
Afastou a folhagem densa. Algumas pedras pareciam ali colocadas para impedi-la. Era uma caverna baixa, aberta no rochedo. Empurrou uma das pedras sem precisar fazer muita força. Duas rolaram, assustando-a, e também aos pássaros que a espreitavam. Pessoa de proporções normais talvez não conseguisse, mas ela era miúda. Se enfiasse a cabeça entre as pedras da entrada, certamente conseguiria fazer entrar o resto do corpo. Fez bastante força, tentando afastá-las, e abaixou-se ainda mais. Em tempo remoto, talvez a boca

da caverna não tivesse sido fechada. Aquilo parecia obra das mãos do homem.

'Quando o homem se fecha, Ana, é difícil ajudá-lo. Mas se confia em nós e nos abre a alma, somos obrigados, por decência e humanidade, a compreendê-lo e ajudá-lo.'

'E a julgá-lo, Joaquim. E a condená-lo. Você é que não compreende, pois sua função é torná-lo limpo perante a sociedade.'

Ana entrou. Escuro, lá dentro, mas não tanto que lhe impedisse ver as pedras e as paredes úmidas e esverdeadas. Pela passagem da gruta entrava uma faixa de claridade. O mar estivera sempre ali, e ela sentia o morno da água cobrir-lhe os pés. À medida que avançava, sua respiração tornava-se ofegante. O silêncio total absorvia o pouco ar ali existente. Parou e sentou-se numa pedra limosa e escorregadia.

'Até os espíritos escorregadios, Ana, merecem uma oportunidade. Merecem ser compreendidos.'

Não entendera com clareza a frase de Joaquim. O que seria espírito escorregadio?

'Os qualificativos que vocês arranjam para espíritos...'

Joaquim rira. E ele ficava tão mais belo quando era capaz de rir! Sua seriedade também tinha encantos. Petições e preocupações o tornavam muito sério. E ela ficava ansiosa de fazê-lo rir novamente.

'Queria vê-la no banco dos jurados, Ana. É tão difícil julgar... E você julga tão rápido... Precipitações impedem o julgamento certo.'

Não para ela. Desde cedo, aprendera o certo e o errado. E o limite entre eles.

Ocorreu-lhe, de súbito, que marés sobem e descem. E se a maré começasse a subir? Até que altura cobriria o chão da gruta? Sentiu medo. Mas foi um medo rápido. Poderia facilmente voltar pelo mesmo caminho e estaria salva. Já, se quisesse. Mas não queria. De alguma forma, aquele lugar era só dela, pois ela o descobrira. E sendo só dela, dava-lhe uma vitoriosa sensação de posse.

'Pessoas não são objetos, Ana. Não *pertencem*. Pessoas se ligam pelo amor. Só.'

'E quando não existe mais amor, se destroem?'

Diálogo à porta do foro, a testa dele pontilhada de gotinhas de suor.

Ana, prática e realista. A vida metódica que sempre levara, impedia poemas para as coisas novas que lhe aconteciam. Soltar a mente como quem liberta um pássaro, à procura de um *por que não?*, hábito desconhecido para ela.

Deixou-se ficar ali sentada, centralizando o silêncio, ouvindo a voz interna do seu *eu*.

De repente, teve a impressão de não se achar sozinha. Não ouvira ruído de bichos e seria difícil para qualquer pessoa entrar ali. Antes ou depois dela.

Naquele esconderijo que a natureza cavara dentro de uma rocha, Ana sentia crescer-lhe a absurda sensação de não estar só. Seu olhar pesquisante deslizou pelas paredes e pelas pedras menores. Inclinou-se à procura do chão e molhou os dedos na água, acariciando um seixo. Foi resvalando os dedos pela saliência da pedra que encontrou o esqueleto. Caído num ângulo odioso, vítima de algum acidente, devia ali estar há muitos anos. Possivelmente homem. Baixo, ossos pequenos. Parou, tremendo.

E então viu a faca. Entre os ossos do tórax, uma bela faca de cabo trabalhado, estragada pelo tempo. A lâmina fina teria penetrado fundo no que fora um dia carne, e era agora apenas um vazio entre ossos ressecados.

Ana sentiu angustiante e tardia piedade. Compreendeu estar diante do que outrora poderia ter sido um assassinato.

Durante rápidos minutos não soube o que fazer. Era toda ela só espanto.

A voz de Joaquim, vinda de longe, entrou na caverna. Ana voltou à realidade. Ergueu-se e lançou um último adeus ao monte de ossos.

O dia derramava as últimas cores sobre o mar. Pássaros cantavam na variedade das árvores, os seixos brilhando. E na areia branca brilhavam conchas, refletindo multicoloridos. O mundo nunca fora tão vivo, tão em desacordo com a morte que ela encontrara no túmulo de granito.

— Ei! Ana!

Joaquim surgiu mais adiante, intranqüilo, porém aliviado ao vê-la. Desceu para ajudá-la, e o sorriso carinhoso desmanchou a censura.

— Você nos pregou um susto, Aninha! Onde foi se meter?

Ela sentiu vontade de contar-lhe tudo. O esqueleto e a faca. Mas qual seria a reação de Joaquim? Um crime a mais. E depois, estavam envolvidos pela esplendorosa claridade. Não ousava sombreá-la.

Joaquim mostrou-se entusiasmado:

— Verônica foi procurá-la pelo mato adentro e descobriu uma casa fabulosa, e um velhinho fabuloso. Recebeu-nos azedo e áspero, mas acabou amansado. O pessoal se entocou na varanda dele, e o dia promete ser muito interessante...

Então, Verônica e ela haviam encontrado coisas fabulosas. Um velhinho vivo, e o que podia ser o esqueleto de um velhinho, morto...

Andaram, subindo a trilha estreita riscada no verde, ladeada de árvores. Chegaram ao jardim, já quase invadido pelo pomar. Flores sem nome subiam coloridos pela sebe, e frutos pendiam das árvores. Tudo muito bonito e acolhedor. Os cipós balançavam nas ramas, à passagem deles. O lugar lembrava um pequeno paraíso. E tinha cheiro de mato molhado.

Subiram os degraus largos, até o alpendre. Enormes vasos de louça pintada abrigavam tinhorões e avencas. Cadeiras de palha com assentos e encostos confortáveis haviam sido desprezados pelo grupo. Eles se espalhavam sobre o peitoril e o chão duro de lajotas frias. Uma cadeira de balanço embalava delicadamente o velhinho de cabelos e barbas muito grandes e muito brancos.

— Oba, Ana! Então tinha de ser mesmo o Joaquim, hem?

— Onde diabos você se meteu, menina?

Ana apenas sorriu. Seus olhos bateram no desconhecido e uma estranha e absurda comparação estalou de repente no seu cérebro. O esqueleto e o velhinho. Ambos pequenos. Poderiam até se pertencer.

Alguém comentou:

— Hoje é o aniversário dela, Vovô, e já começamos o programa de comemorações...

O homem a contemplava, aparentemente absorto em divagações. Não lhe interessava que um deles fizesse aniversário. Esta era a impressão de Ana, até ele mover os lábios finos, quase escondidos pelo bigode e barba brancos.

— Logo hoje, hem? Logo hoje...

Suspirou, emendando:

— De qualquer forma, parabéns. Seja bem-vinda. Eu sou Abel.

A voz saiu-lhe clara e cheia, sem os tremores da velhice.

— Eu sou Abel, e este é o meu lugar — repetiu.

— Bonito lugar.

Matias não deixou o minuto de silêncio avançar:

— O senhor vive só?

O velho mostrava-se pensativo. Quando o imaginavam desligado, inatingível por qualquer tipo de pergunta, ele respondeu:

— Não. Eu tenho muitas lembranças que me impedem viver só. E também tenho um anjo da guarda preto que cuida de mim e da casa.

— Ah, é? Que bacana! O preto está na moda...

Alguém deu uma risadinha.

O velhinho começou a mover a cadeira e esta balançava que nem um berço. Se estava começando a achar divertida a visita inesperada, ou se odiava aquela intrusão em seus domínios, não era possível descobrir. Qualquer reação nos músculos da face enrugada e macilenta escondia-se ao ritmo do balançar da cadeira. E então, soltou a frase inesperada:

— São vinte e sete anos. E parece que foi ontem.
Uma das moças deu um gritinho espantado.
— Como é que sabe quantos, Vovô? O senhor é adivinho?
Ele sobressaltou-se, logo refugiando-se na impassibilidade anterior. Ana olhou-o fixamente. Percebendo, também olhou-a fixo.
Marta perguntou, querendo agradá-lo:
— Sou a cozinheira de bordo, sabe, e ainda tenho tarefa. Antes da gente ir embora, o senhor deixa ver a casa?
O velho não lhe respondeu diretamente. Batendo com o bastão na laje, gritou:
— Miguel! Oh, Miguel!
Surgiu no umbral da porta um outro velhinho. Preto, preto, a cabeça coroada de carapinha muito branca. Encurvava-se, na pressa em atender ao patrão.
— Miguel, as *crianças* gostariam de conhecer a casa. Mostre-a para eles.
O empregado sacudiu a cabeça, olhando admirado os rapazes e as moças em trajes de banho. Fez um sinal com o dedo dobrado pela artrite e o grupo seguiu-o, obediente.
— Mas que lindo!
Logo começaram os comentários, as exclamações e alguns assovios.
— Lindo é pouco. Isso é o máximo!
— Puxa, quanto requinte, minha gente!
— E pra viver no mato...
— Olha, Verônica, o tecido das cortinas e a qualidade dos tapetes...
Marta aproximou-se das porcelanas:

— Companhia das Índias. Minha madrinha tem um parecido e diz que vai deixar pra mim...

— Não chuta, queridinha...

— Não vejo razão para chutar. Se ela tem que deixar pra alguém, este alguém pode ser eu...

— Gente, parem de discutir heranças e admirem só este quadro. Um autêntico Manet! O homenzinho gosta mesmo de impressionistas.

— Serão autênticos?

— Ora, Tomé. É ver pra crer.

— Matias, você que viveu em Paris, isto aqui não é um ambiente com toque puramente francês?

— Eu diria inglês vitoriano, com alguma mistura...

— Adoro este mobiliário! Quando eu tiver dinheiro...

— Parece um museu...

— ...Já deve ter assistido grandes noites!

Todos admirados, olhando em volta com atenção e uma certa perplexidade. Não esperavam encontrar luxo e bom-gosto num palácio dentro da mata.

Marta quis logo saber quantos criados havia para cuidar tão bem de tudo aquilo.

— Poucos, mas bons.

A resposta do preto foi rápida, mas acompanhada de um sorriso. Era evidente o orgulho que sentia, apreciando a admiração deles.

Atravessaram as salas de teto alto e janelas largas. No quarto maior, novas exclamações:

— Puxa, até parece cama de cardeal.

— Você já dormiu com algum, menina?

— Oh sacrílega criatura! Só fiz uma observação.

Verônica apertou os braços de encontro ao corpo.
— Pois eu preferia cometer mil sacrilégios do que dormir aqui sozinha. Credo! Este quarto me dá calafrios!
— Que bárbara, esta coleção de facas!
Ana voltou-se vivamente:
— Onde?
— Aqui nesta parede. Nunca vi tão lindas.
Ana aproximou-se e Joaquim acompanhou-a.
— Desde quando você se interessa por este tipo de coisa?
— Desde agora...
Ana respondeu, distraída. Sua atenção estava pousada nas facas de punho trabalhado e lâmina polida, agarradas à parede que nem lagartas em noite quente. Examinou-as com cuidado, sem contudo tocá-las. Estava quase certa de que aquela outra, encontrada entre os ossos, na gruta, fazia parte da coleção. Havia um espaço livre, na parede, onde ela caberia perfeitamente. Na semi-obscuridade da caverna fora impossível gravar detalhes, mas o tipo era o mesmo. Não tinha dúvidas.

Saíram todos para o alpendre, os olhos em festa. Fora uma bela e feliz surpresa a casa do Sr. Abel. Ana sentiu-se melhor entre as avencas e tinhorões, respirando o ar puro das árvores folhudas que estendiam seus ramos até a varanda. Havia ali fora luz, calor e vida. Dentro da velha mansão, a beleza parecia encantada, adormecida. Beleza estática, tentando sobreviver e falar do passado sob uma atmosfera densa e nostálgica.

O velhinho esperava por eles, balançando a cadeira. Continuou absorto, alheio aos comentários e elogios. O grupo dispersou-se. Uns ficaram sentados no parapeito do terraço, outros se encaminharam para o jardim.

Joaquim iniciara conversa com um dos rapazes, também advogado. Pareciam embrenhados em assunto palpitante. Ana aproveitou-se disto. Aproximando-se do velhinho que não parava de fitá-la e de balançar-se, ajoelhou-se ao lado da cadeira. O balanço imediatamente cessou.

— Quem era ele? — perguntou com naturalidade.

Não demonstrando sinal de surpresa, o velho respondeu:

— Meu irmão.

Ficaram ambos em silêncio. Por fim, ele desistiu de continuar calado.

— Gostou da casa?

— Muito. É linda. Foi o senhor quem a decorou?

— Não, foi *ela*. Era tudo da família dela. Gente rica e traquejada. Gente boa.

— *Ela*?

— Sim, a mulher do meu irmão. A única mulher que amei. Admirada?

Ana assentiu de leve.

— Acho que agora compreendo...

O velhinho teve um movimento de impaciência. Ergueu a bengala e tornou a batê-la na laje do chão.

— Você não compreende coisa alguma. Você jamais compreenderá!

— O senhor matou-o?

— Escuta, menina, algum Abel poderá matar o próprio irmão? Isto seria contradizer a Bíblia!

— E no entanto...
O rosto dele inclinou-se, ao perguntar:
— Você descobriu?
— Acho que sim.
Aprumou o corpo, endireitando a vaidade ou o próprio orgulho. Tão dispensáveis e sem importância naquele momento, pensou Ana.
— Há vinte e sete anos, exatamente. E até hoje ninguém havia descoberto. Como está ele?
— Só ossos.
— Era de se esperar, após tanto tempo.
Ele girou a bengala no ar e chamou aos gritos:
— Miguel, oh Miguel!
O preto veio correndo, dobrando os joelhos:
— Miguel, ofereça frutas maduras e flores às visitas. Sirva antes algum refresco e coisa de mastigar. Bolinhos de gengibre ou biscoitos. E mande o Pedro preparar a canoa!
O velho preto sacudiu a cabeça branca, a turma agradeceu com entusiasmo. Ana fez sinal a Joaquim para que se mantivesse distante.
O velhinho observou-a, um brilho de malícia no olhar.
— Você está pensando tudo errado, menina.
— Estou apenas deduzindo.
— Bobagem. Nunca acertará.
Alisou a barba e deixou que ela mesma descobrisse se aquilo era um sorriso ou trejeito de desprezo.
— Então, há vinte e sete anos você nascia, hein?
— E seu irmão morria com uma faca enfiada no peito.

Abel não demonstrou temer a acusação.
— Você acha que eu o matei?
— Acho!
Fitaram-se, num duelo de sinceridades.
— Pois está enganada. Gostaria de tê-lo feito, mas não fiz.
— Foi ela, então?
Ele mostrou-se irritado.
— Nunca! Ela teria agüentado até o fim, até ser ela mesma a vítima. Mas jamais o mataria.
A voz abrandou-se:
— Eu a amava, mas era um tímido. Deixei-o tirá-la de mim. Ele o faria de qualquer modo, quando viu tanto dinheiro. Ele adorava o dinheiro. E depois de algum tempo...
Ana esperou. Sabia que ele precisava falar tudo.
— ...Cansou-se. Ia gastar o dinheiro longe daqui, com outras mulheres. Eu fora contratado para administrar os campos e a casa. À noite, escutava-a chorar. Sem saber fazê-la feliz, temendo que ela ainda o amasse e me repelisse, eu me afastava. Ficava no quarto sofrendo. Desesperado com o desespero dela. Quando se ama profundamente, igual eu amei, o sofrimento é um só, se a alegria não pode ser uma só...
Ele respirava agora com dificuldade. Mas continuou:
— E sempre era melhor ele longe. Aqui, se embebedava e achava um prazer mórbido em maltratá-la. Sobretudo se eu estivesse perto.
Sua voz tornara-se um sopro, distante como aquilo tudo que recordava.

— Foi uma noite cruel para nós. Não consegui esquecê-la, até hoje. Meu irmão bêbado, na praia, ameaçando-a. E ela gritando, gritando. Seus gritos de socorro ecoavam pelo mato, sumiam no mar... Saí do quarto e fui correndo ajudá-la. Naquela noite, eu certamente teria coragem de matá-lo. Mas quando cheguei, já tinha acontecido...

Sacudiu o corpo. Riso ou soluço?

— Miguel, meu criado leal... Meu amigo... salvou-a.

O velho ignorou o espanto de Ana e deu um longo suspiro, como se a mulher amada tivesse acabado de ser salva.

— Que horror! E o senhor teve a coragem de conservar nesta casa, esse tempo todo, o homem que matou seu irmão?...

Ana desejaria controlar a revolta que lhe crescia no íntimo. Mas não conseguia evitar a repulsa pela tolerância daquele velhinho, cujo silêncio o tornava cúmplice do criado assassino. Repugnava-a lembrar-se de que o homem a cicerioneá-la e aos seus amigos, no interior da casa, fora o mesmo que matara friamente o patrão.

Ficaram em silêncio. Nem as vozes e a algazarra dos outros, nem o olhar inquiridor e preocupado de Joaquim conseguiria sacudi-los.

Abel foi o primeiro a falar.

— Ele não é um assassino. Ele é o homem que a salvou para mim. O anjo vingador que usou uma faca ao invés da espada, para livrá-la de ser assassinada.

— O mar... seria tão mais fácil... Por que Miguel escolheu a caverna?

Abel falava agora lentamente, sem ressentimentos.

— O mar devolve, moça. Mais cedo ou mais tarde, poderia devolvê-lo. Se fui capaz de perdoar Miguel, também fui capaz de ajudá-lo. Lembre-se, ele a havia salvo. Fui eu quem levou o corpo para o único lugar que julguei seguro. Afinal, ele ainda tinha direito a um túmulo...

O velho preto, o anjo vingador, tinha-se acercado deles. Esperava respeitosamente antes de falar ao patrão. Aproximou-se o suficiente para que ela visse as mãos tortas de reumatismo, a expressão ansiosa do rosto, as rugas de tempo e sofrências. Seu corpo envergado parecia prestes a cair de joelhos. Olhava para Ana com simpatia. Ela sentiu que gostava dele. Mas era preciso odiá-lo. Havia morto um homem. Não importavam as condições em que o fizera. Não podia aceitar Miguel e seu criminoso ato de heroísmo.

E, contudo, ele a prendia com seu olhar triste e seu sorriso humilde. Um Miguel suplicante, pedindo licença para matar. Seus olhos. Quanto sofrimento já haviam chorado? Qual teria sido o peso de seu remorso?

Pela primeira vez, detinha o próprio pensar, querendo refletir, interrompendo o julgamento. Pela primeira vez não sentia a força da certeza. Dúvidas, dúvidas...

Ana sentiu subitamente vontade de gritar: — Chore logo, Miguel! Chore tudo! Não fique com esse terrível olhar molhado, chorando aos pouquinhos! Limpe o sangue daquela faca com todas as suas lágrimas!

O criado continuava fitando-a. Estaria à espera da sentença final. Miserável criatura que a obrigava a compreender e a perdoar.

O preto saiu de mansinho, sem ter falado ao patrão. Seu corpo já não se encurvava tanto.

Ana segurou as mãos de Abel. Estavam frias, mas aceitaram as suas, com inquietude. A barba, o bigode, a cabeleira longa, não conseguiam ocultar a emoção do velhinho branco.

— Sabe? De alguma forma, o Abel da Bíblia foi vingado.

Ele fechou os olhinhos. Estava exausto.

— Ninguém pode desafiar a Bíblia, moça. Jamais algum Abel vingará o seu primeiro homônimo. Abel sempre será vítima...

— Vítima? E o senhor se considera vítima?

Abel suspirou.

— Sim, sou vítima do remorso. Do remorso de ter chegado tarde demais. De não havê-lo feito eu mesmo, com as minhas mãos. Miguel foi o grande salvador, quando era eu quem deveria tê-la salvado...

Ana levantou-se, sentindo cãibra nas pernas. O grupo já se acercava, alegre e turbilhonante. As moças beijaram Abel e os rapazes apertaram-lhe a mão, agradecidos.

— Vovozinho, não fique enterrado aqui. Lá no nosso mundo, um homem da sua idade até dança samba!

Ele não sairia dali. Nunca. Aquele era o seu lugar. Entre as lembranças belas e as lembranças amargas, compartilhando-as com seu anjo da guarda preto.

— Vamos enfeitar o barco para o seu aniversário, Ana!

Ela sorriu. Era preciso sorrir. Há momentos tão inconvenientes, que exigem sorrisos, quando a necessidade real é o pranto.

Ana beijou o velhinho, apertou-lhe as mãos. Ele compreendeu.

Saíram todos carregando as frutas e as flores. Pedro já havia preparado a canoa. Só couberam alguns, os outros foram a nado.

— Velhinho gozado...

— Gostei dele, sabe? É esquisito, mas tem caráter.

— E você sabe lá o que é caráter?

— Gostei mais da casa...

Só então Ana lembrou-se de que Joaquim a tinha encontrado. Devia-lhe um segredo...

Angra dos Reis
1972

MINGAU DE AVEIA E ARENQUE MARINADO

MINGAU DE AVEIA E ARENQUE MARINADO

—REPARE, Pedro. As pessoas se parecem com aquilo que comem.

— Você não quer dizer com isto que eu seja frio e cru igual a este rosbife...

Melissa riu baixinho, atirando a mecha de cabelo para trás, num gesto inconsciente.

— Mas que um churrasco estaria combinando mais com você, ah, isso estaria!

Foi a vez dele sorrir, enquanto ela pousava o olhar atento e curioso sobre rostos e pratos, nas mesas vizinhas.

— Repare aqui ao lado, meu bem. O rapaz de cabelo rebelde e barba emaranhada, faz lembrar o quê?

— Um esfaimado quadrúpede.

— Olhe só o prato dele.

— Miolos?

— Não. Carneiro.

Pedro umedeceu o último pedaço de carne na mostarda picante.

— A observação vem a propósito de quê?

— Idéias... Idéias... Elas chegam, se apresentam, me fazem gentis insinuações e me divertem.

— Hum... E a última, querida, a última idéia que acaba de visitá-la durante o jantar, posso saber qual é?

Melissa bebeu um gole de vinho, quase tão dourado quanto seus cabelos. E explicou, um brilho novo nos olhos e no sorriso:

— Comilancia.

— Comilança, você quer dizer.

— Não, Pedro. É comilancia mesmo! A arte de conhecer o caráter das pessoas e adivinhar-lhes o futuro, no que comem.

Pedro mostrava-se interessado. Esticou o braço sobre a mesa e apertou-lhe a mão. Melissa adotou uma atitude solene, e carregou de propósito no sotaque:

— 'Mann ist was isst'.

Pedro assoviou baixinho:

— Puxa! A coisa é séria... Entra até filósofo no meio.

— Em alguns pontos concordo com Feuerbach. 'O homem é aquilo que come.'

— Você hoje está especialmente erudita, Melissa.

— Mas prometo não cansá-lo com minha erudição...

— Promete?

Riram e se olharam com carinho.

— Sabe, meu bem, as pessoas sensíveis às forças psíquicas antevêem o futuro, muito antes dele se tornar presente. E talvez essa força psíquica tenha uma raiz física. Em alguma região do cérebro localiza-se o responsável pelas sensações especiais. Acho que o tempo não avança em linha reta, mas em espirais. Já pensou que fabuloso, saltar de um ponto a outro do 'caracol', e prever?

— Em linguagem sofisticada isso se chama percepção ultra-sensorial para premonições. E quem possui essa força poderá talvez fazer algumas alteraçõezinhas na própria vida...

Melissa sacudiu a cabeça.

— Só nos pequenos detalhes das coisas. A estrutura essencial delas já está estabelecida definitivamente.

Pedro beijou a mão de Melissa.

— Você está muito por dentro, querida.

Ela continuou, entusiasmada:

— Sabe, Pedro, o negócio é velho, tremendamente velho. Vem da antiguidade. Como era mesmo o nome daquela gente que *lia* nas vísceras dos animais sacrificados?

— Áugures, arúspices.

— Morro de inveja de sua memória. Bom, onde estava eu?

— Na antiguidade.

— Pois é. Havia e até hoje há quem se utilize de objetos para *ver*. Outros se valem de transes ou sonhos. Já houve oráculos e sibilas de muita fama. Alguns povos previam o futuro, estudando os astros...

— Ou consultando as nuvens. A chamada velha arte da aeromancia. Daí o aparecimento das previsões meteorológicas, e dos horóscopos.

— Então, hem, o senhor também é entendido no assunto e nunca me tinha dito antes...

— Mas querida, o assunto está nascendo hoje, agora, neste jantar.

Melissa exultava.

— Esta eu não conhecia. Mas sei uma porção de outras.

Enumerava com os dedos, enquanto ia mencionando:

— Quiromancia, estudo das linhas das mãos. Hidromancia, adivinhação pela água. Grafologia, leitura da letra. Numerologia...

— E a quirognomia, você conhece?

— Quê?

— Quirognomia, o estudo do caráter pela formação geral da aparência das mãos.

Melissa olhava-o admirada:

— Mas Pedro, você é um craque no assunto! E escondeu isso de mim tanto tempo!

Ele precisou usar mais seu charme do que palavras para convencê-la de que há muito assunto guardado, esperando vez.

— Então, meu bem, você poderá entender melhor a minha *comilancia!*

— Vou fazer o possível...

— Não vai fazer nada. Basta ouvir-me, e naturalmente aceitará a teoria. Se há quem leia mãos, cartas, olhos, letras, bolas de cristal, búzios, por que não ler a sorte das pessoas e conhecer-lhes o caráter na escolha do alimento que estão comendo? Questão de possíveis afinidades...

— Concordo, sabe? Não seria difícil descobrir num prato dietas para 'amaciar' úlceras e estimular vesículas preguiçosas. Até valeria contra diabetes ou arteriosclerose.

— Falo sério, Pedro. Analisando o tipo de pessoa pelo alimento, muita idéia pode-se fazer a respeito dela...
— Também estou falando sério.
— Conheço você...

Pedro ria, divertido. Quando Melissa se empolgava, o melhor era empolgar-se também.

E ela continuava, fascinada com suas deduções:

— O homem das cavernas era selvagem por quê? Precisava lutar pela comida e devorar pedaços de animais crus, antes de descobrir o fogo. Da pré-história até os dias de hoje o comportamento do homem vem se transformando, sempre relacionado com a sua alimentação...

Pedro interrompeu-a:

— É, já não se come com as mãos...

Ela replicou imediatamente:

— Sim, embora um quezinho de nostalgia pelo tempo de liberdade, sem convencionalismos e protocolos o leve a sentir prazer ao segurar entre os dedos uma asa de galinha...

— *Touché!*

Pedro assentiu, sorrindo com admiração. Melissa tinha sempre na ponta da língua o rebate perfeito.

Acariciando a fruteira de louça, no centro da mesa, ela ergueu pelo cabinho a maçã vermelha e tentadora.

— O primeiro pecado está ligado diretamente à gula. Eis aqui o motivo.

Pedro tomou-lhe a fruta e deu uma mordida.

— Imagine se Adão não gostasse de maçãs!

Melissa bebeu mais um gole de vinho.

— Ora, meu bem. Teria sido então melancia, pitanga ou carambola. O Paraíso era um pomar variadíssimo em matéria de frutas. Eva poderia até ter descascado um abacaxi.

Melissa parou de falar e cortou o peixe.

— Que tal o peixinho?

Ela respondeu com outra pergunta, num tom provocativo:

— Parecido comigo?

— Bem... Nosso amigo está muito calado. Mas tem um tempero picante e um jeitinho gracioso de repousar no creme de batatas.

Melissa arrumava as frutas, cujo equilíbrio ficara ameaçado com a saída brusca da maçã.

— Sabe de uma coisa, Pedro? O caso maçã foi o precursor dos convites para jantar, nas tentativas de conquistas amorosas.

— Então comer é muito perigoso...

O copeiro retirou os pratos e limpou a mesa com uma escovinha. Melissa brincava com uma bolinha de miolo de pão. Distraída, colocou-a na boca.

— Continue, querida. A coisa está ficando muito interessante.

— Os grandes negócios, veja só. Assuntos diplomáticos, políticos. Tratados nacionais e internacionais. Comemorações. Tudo acontece sempre antes ou depois de um banquete. Às vezes, durante. E a chave de tudo está na escolha dos pratos. O tempero, o molho de uma ave ou de um peixe. O fofo de um *soufflé*, a leveza de uma *mousse*. O gosto da sobremesa, a safra de um vinho. Até a caridade organiza seus chazinhos para angariar donativos. Comer é uma necessidade para a sobrevivência, mas também é arte, filosofia. Você se lembra do Brillat-Savarin?... E é até *negócio*. Uma freira que nos ensinava boas maneiras, no colégio, costumava dizer: 'é na mesa de comida que se conhece o caráter e a educação das pessoas.'

— No meu colégio aprendi que era na mesa de jogo...

Veio a sobremesa.

— Sabe o que me preocupa, Pedro? O futuro. Repare o presente. Estes homens mecânicos, dinâmicos, fabricando dinheiro à custa da própria saúde. Em geral se alimentam de quê? Latarias, conservas, sanduíches pré-fabricados, refeições congeladas. Só fico imaginando como será comer daqui a alguns anos. Sem arte nem poesia.

— Bolinhas, querida. Deliciosas, cheirosas e digestivas. As antigas caixinhas de pílulas substituirão as merendeiras. Já pensou, transportar um piquenique inteiro e variado no bolso da capa?

Ela suspirou, escolhendo na taça de vidro o morango mais gorducho e cobrindo-o de creme.

— Adeus, morangos com creme...

— Tranqüilize-se, Melissa. Ainda levará algum tempo...

O garçom trouxe o chá, que eles gostavam de tomar quente e sem açúcar.

— Em certas partes do mundo, sabe que o café vem servido com a borra, e depois desta ficar acumulada no fundo da xícara, pode também ser lida?

Melissa reanimou-se. Estavam de volta ao assunto do momento.

— E os chineses lêem a sorte nas folhas de chá.
— Faço uma idéia do que eles não devem estar vendo, neste momento...

Melissa espiava ao redor.
— Ali, Pedro! Naquela mesa, à esquerda.

Ele virou-se discretamente sobre o ombro largo. A conversa o influenciara, pois só olhou os pratos.
— Mingau de Aveia e Arenque Marinado.

Os olhos dela brilharam de modo especial.
— Você já está contaminado, meu bem. Nem sequer olhou as pessoas. Só viu a comida. Poderia imaginá-los e me dizer como são?

Ele fechou os olhos, brincando de concentrar, e arriscou:
— Um casal. A mulher, seca. E o homem gordo e macilento.
— Quase! Agora, veja!

Pedro, realmente curioso, inclinou o rosto, segredando:
— Ela é clara, gorda. Deve sofrer de flacidez e celulite. E deve sofrer mais ainda na hora de se libertar da cinta. Seus seios, ao saltarem do sutiã, escorregarão até os joelhos.

Melissa a custo conseguia conter o riso.
— Ela parece o quê?

Pedro lançou novo e furtivo olhar ao prato da mulher.
— Mingau. Sim, ela tem a aparência de um mingau de... maisena.
— Aveia, meu bem.

Ele meditou, procurando a diferença.

— Aveia — repetiu ela. — Repare a pele. É clara, mas encaroçadinha. Agora, me diga. A palidez acinzentada do marido, sua magreza. Reparou?

— Mas é mesmo, hein? Um perfeito arenque marinado!

E Pedro acrescentou:

— Sabe que estou gostando do joguinho?

— Isto não é jogo. É coisa séria. Muito séria. Vamos tentar um futuro para eles?

— Sombrio e cinzento igual ao arenque marinado. E inexpressivo e inseguro que nem mingau.

— É, quem sabe... Mas no prato de um está a sorte do outro. Lembre-se, é um casal. Estão muito ligados pelo tempo e convivência.

— Ah! Para casais funciona ao contrário? Já está ficando complicado.

— Funciona em dupla. Não sei se me entende...

Pedro teve uma idéia.

— E se não forem casados? Podem ser apenas amigos, ou parentes.

— Não, meu bem. Amigos *se falam*. E o silêncio deles até me faz sentir frio. Parentes comentam outros parentes. Ficam relembrando tia Chiquinha, primo Juca. Esses aí, sou capaz de apostar, são casados e desafinados. Desafinam até no comer. Isto é hora de mingau? Veja a carranca dele. Vai ver, só pediu o tal peixe para provocá-la. Ou ela odeia arenque, ou adora e não pode comê-lo. Logo marinado, que coisa... Devem ter problemas tremendos. Gostaria de saber por que vieram...

— Férias, querida.

— Não. Deve ter sido motivo mais forte. Idéia dele, na certa. Quem tem a prepotência de saborear um arenque diante de insípido mingau só pode ter sido o 'escolhedor' da viagem e do lugar.

— Ora, querida, este hotel é simpático, o melhor daqui. A praia e o sol atraem os turistas, nesta época. Uma ilha-paraíso para jovens e velhos.

Melissa bateu com o indicador na testa:

— Mas raciocine, Pedro. Ela não ousará vestir uma roupa de banho. E se tomar sol além da conta virará torrada. Ele não terá peito de expor os ossos diante das mulheres e de outros homens mais fortes. Pelo jeito de sentar à mesa parece vaidoso e pedante. Tome nota, Pedro. O motivo é outro. Vai ver, ele trouxe livros, para disfarçar quando estiver espiando as moças de biquíni. Ela, com toda certeza, gastará uma quantidade enorme de novelos numa colcha de crochê. Está vendo como segura a colher? Parece estar segurando uma agulha... Decididamente, se fossem um casal *normal,* teriam escolhido a montanha.

Pedro divertia-se ouvindo-a.

— Você faria inveja às pitonisas, Melissa. Coitados daqueles dois. Serão as cobaias da temporada. Já estou com pena deles, palavra...

— Engraçado, tenho pena dela, só. Não sei bem por quê. É uma espécie de pena intuitiva.

— No final das contas, eles estão muito bem, comendo o que desejam. Parecem gente de dinheiro e gozarão as férias, com livros e crochê.

— Aliás, sabe o que pode acontecer durante uma refeição?

O jeito de Melissa era tão misterioso que Pedro franziu a testa, esperando. E ela ensombrou a voz, ao dizer:

— Assassinato!

Pedro levou susto. Desfranziu a testa e empertigou-se na cadeira, reclamando:

— Pelo amor de Deus, Melissa. Não vá longe demais.

Erguendo-se, numa seriedade patética, a voz propositadamente rouca e baixa, ela falou:

— Desde os mais antigos tempos, *mon cher ami,* a mesa era o lugar ideal para eliminações. O pior emprego, *provador* de comidas e vinhos.

Pedro ergueu-se, enquanto ela dava um nó cego no guardanapo e atirava-o sobre a mesa.

Ao passarem pelo casal, observou:

— Ela está comendo o creme, mas deixou os morangos de lado. Se os achasse ácidos, bastaria colocar açúcar. Qual será o motivo?

— Alergia ao vermelho, talvez. E o que acha dele estar comendo uma fatia de pessegada?

— Ele esconde o caráter nas cores escuras. Tipos como este jamais conseguiriam apreciar um manjar de coco...

* * *

Nos bonitos dias de sol que se seguiram, encontraram inúmeras vezes Mingau de Aveia e Arenque Marinado. Este apoiava o queixo num livro tão grosso, fazendo duvidar se conseguiria terminá-lo junto com as férias. E a mulher fixava toda a sua atenção nos pontos de crochê. Ficavam os dois quase o dia inteiro na varanda da frente, instalados nas espreguiçadeiras.

Pedro observou:

— Estão apostando qual acabará primeiro, a leitura ou o crochê...

— Que nada, meu bem. Ela está levando o trabalho a sério. Mas o livro dele só serve de pretexto para esconder as espiadas compridas que dá nas moças da praia...

Pedro riu. Afinal, talvez Melissa estivesse certa. A mulher nunca sorria. O homem não abria a boca, nem para colocar nela um cigarro. Só na hora de comer seus lábios se moviam.

Foi então, a lancha do hotel trouxe nova hóspede. Alta, magra, espigada que nem do milho a própria espiga. O marinheiro, gordo e pesado, poderia servir de âncora. Era o maior consumidor de coalhada da Ilha, só variando para litros de limonada. Mas continuava gordo.

— Parece um elefante, meu bem. Deve ser vegetariano, com problema glandular...

Quando a nova hóspede chegou, os dois se achavam sentados no terraço, diante da mesinha abrigada pelo chapéu-de-sol. Ela saltou rápida, reuniu no mesmo olhar o prédio, a praia, as pessoas. Entregou a valise ao rapazinho fardado de porteiro, continuando a segurar, firme, a maleta menor. Depois, deixou-se cair numa cadeira da mesa ao lado. Sua primeira providência, endireitar o cabo do chapéu-de-sol que estava torto.

— Engraçado, Pedro. O vestido amarelo e a gola branca, assim tão esvoaçante, lembram-lhe o quê?

— Uma ave de pescoço comprido.

— Estou falando em termos de *comilancia,* meu bem!

— Francamente... Continuo a ver uma ave. Depenada, cozida, à qual esqueceram de cortar o pescoço...

Melissa deu uma risadinha.

— Não. Ela é especial. Lembra mais uma bebida. Seu pescoço pode ser comparado ao gargalo de uma garrafa.

— Soda limonada.

— Não. Sou capaz de apostar que ela vai pedir um chope ou coisa parecida.

Pedro cruzou os braços.

— Você vive afirmando que é capaz de apostar, mas acaba não apostando coisa alguma. Que tal uma apostazinha, agora? Eu digo: ela não vai beber nada. Se o fizer, será um refrigerante dos mais adocicados.

— Cinqüenta?

— Cem!

Esperaram alguns minutos. A mulher acenou para o garçom. Confabularam.

Melissa segredou:

— Está indecisa entre chope e cerveja, porque talvez não haja mais garrafa pequena.

Mas Pedro continuava firme no seu ponto de vista.

— Apenas não sabe se prefere suco de uva ou laranjada.

— Ela sabe bem o que quer!

Pedro sacudiu os ombros. Esperaram, atentos, como se estivessem acompanhando o girar de uma roleta ou o alinhamento dos cavalos antes do páreo. Dali a pouco surgiu o garçom, equilibrando a bandeja com uma tulipa espumante bem no centro. Três olhares pousaram no copo. Um, com sede. Outro, triunfante. E o terceiro, desolado.

Pedro abriu a carteira, tirou dez notas de dez, contou-as e arriscou um sorriso débil em direção a Melissa. Esta recebeu o dinheiro, recontou-o, arrumando as notas em forma de leque. Depois abanou-se, suspirando:

— Ela é mesmo uma generosa dose de cerveja, de colarinho e tudo.

* * *

Todos se conheciam e se cumprimentavam, ainda que fosse com ligeiro aceno de cabeça. Ninguém ousaria desperdiçar um minuto. Era o apelo da praia, desde cedo até muito tarde.

No quintal atrás da casa, um caramanchão de jasmim-do-cabo convidava, à noite, os casais jovens. E o jardim contornava o velho prédio pintado de novo, só parando para dar lugar à piscina redonda, debruada de cadeiras confortáveis e mais mesinhas com chapéu-de-sol.

Alguns nem almoçavam. Levavam sanduíches para a praia, só regressando ao hotel quando a noite começava. Rostos queimados de sol, narizes descascando. O ruído seco das petecas, e o outro, proibido, dos chutes de bola. Gente subindo na onda, ou agrupando-se na beirinha do mar. E de vez em quando, um, dois barquinhos apareciam como por encanto, sumindo lá longe. As crianças gastavam horas construindo castelos de areia, que a maré desmoronava depois, deixando no lugar uma nova oportunidade para a manhã seguinte. E as barcas pintadas dos pescadores iam e voltavam.

Se a maior parte deles andava seminua o dia inteiro, para o jantar todos se ajeitavam. Havia sempre violões gemendo lá fora e alguém cantando. E o incessante marulhar das águas, encharcando a areia ou batendo nas pedras.

Mingau de Aveia e Arenque Marinado, numa proximidade longínqua, conservavam-se isolados.

Cerveja, metida num maiô antiquado, dava caminhadas pela praia, fazendo exercícios respiratórios e primorosas exibições de educação física. Saltava do trampolim enroscada numa cambalhota geométrica e nadava ida e volta, medindo a piscina de um só fôlego. Era insaciável de movimentos.

Pedro queixou-se:

— Esta mulher me cansa, com tanta ginástica! Deve ser uma solteirona que precisa cansar-se, para agüentar a noite.

— Solteira, mas satisfeita. Parece muito cheia de saúde e vitalidade. E muito bem servida...

Pedro olhou Melissa, desconfiado.

— Você não andou bisbilhotando a vida dela, hem?...

— Não preciso bisbilhotar, meu bem. Minhas deduções, sempre certas, são puramente intuitivas.

Ele ainda reclamou:

— De vez em quando ela se vira, como se fosse tomar uma grande decisão. Fico esperando e não acontece nada.

— Vai acontecer. Ela veio aqui com outra intenção do que cansar os músculos. Apenas se exercita, enquanto espera.

— É, mas podia esperar sentada, comendo tremoços e tomando sua cervejinha.

Melissa chupou com o canudo o último gole de laranjada, fazendo propositadamente ruído no fundo do copo.

— Descobri hoje um olhar, Pedro... Que olhar!

— Ora, querida, não se preocupe. Se olho outras mulheres, é unicamente a fim de compará-las com você. E você sai sempre ganhando.

— Não é nada disto, seu tolo!

Pedro encheu de fumo o cachimbo e acendeu-o.

— Vamos lá, conte logo.

Ela tomou ares de confidência.

— Pela manhã, olhei da janela e vi Cerveja naquele maiô amarelo que seria sensacional há dez anos. Saltou do trampolim com pose de campeã em dia de Olimpíada. Para não dar a impressão de quem está espionando...

— O que na realidade você estava fazendo...

Melissa fez um trejeito aborrecido mas resolveu ignorar a interrupção.

— ...Escondi-me atrás da cortina. E lá da sua janela, apareceu Arenque Marinado. Os dois trocaram olhares e sorrisos. E ela mergulhou na piscina, nadando para ele.

— Melissa, observar pratos de comida por aí, ainda é admissível. Mas andar espionando pessoas, acho o cúmulo!

— O cúmulo de quê? Afinal, foi tudo casualidade. Não tive a menor intenção de vigiá-los. Se me detive um pouquinho, foi só para admirar-lhe a técnica do estilo livre, rápido...
Fez uma pausa provocante e acrescentou:
— De nadar, é claro.
Pedro paginou a seriedade na revista. Melissa cantarolava baixinho. Levantou-se e foi quebrar onda. Ele parecia muito absorvido na leitura. Mas de repente, atirando a revista sobre a mesa, correu-lhe ao encontro.

* * *

Era a hora do sol a pino. Hora do sol desafiar as cabeças descobertas. Algum zumbido de mosca perturbando a tranqüilidade dos cochilos. Quando as flores parecem saturadas de cor, mas na realidade estão cansadas. E cansadas as folhagens secas. As copas das árvores juntam forças para projetarem sombras na terra. E a terra tem sede. Cães vadiam pelos quintais, à procura de água. Gatos dormem. E os pássaros voam menos. Até o mar se espicha, amolecendo as ondas. Quem está na praia, esticado sob a barraca, não tem vontade de se levantar. Hora chamada sesta.
Pedro adormecera nos braços de Melissa. Desperta, ela imaginava mil coisas, inclusive a melhor maneira de esgueirar-se sem acordá-lo. Conseguindo, foi até a janela. Viu algumas poucas pessoas sentadas à sombra dos flamboyants em cadeiras-preguiçosas, lendo ou cochilando. O azul da piscina permanecia quieto, como se fosse apenas decoração refrescante na paisagem quente. Arenque Marinado e Cerveja se olhavam gen-

tilmente, embora entre eles se interpusesse o volume considerável de uma senhora, contando o sucesso da neta pianista ao velhinho sonolento, de expressão nada musical.

Melissa vestiu-se às pressas, e abrindo a porta com cuidado fugiu para o corredor. Avistou Mingau de Aveia já quase descendo as escadas. O hotel era um prédio antigo e esparramado, e seus dois andares dispensavam elevador. Apressou o passo, alcançou-a, e desceram juntas. A mulher trazia uma cestinha pendurada no braço, balançante. Melissa caprichou no sorriso:

— Boa tarde. Como vai o crochê?

Morria de curiosidade, mas não pelo crochê. A mulher enrubesceu no esforço de retribuir o sorriso, pois talvez raramente precisasse usá-lo.

— Quase pronto, quase pronto.
— A senhora está gostando daqui?
— Muito, muito.
— Tem feito calor, mas as noites são frescas, não é?
— Sim, sim.

Se Mingau de Aveia sempre respondesse ou falasse em duplicata, na certa esse cacoete havia contribuído para marinar psiquicamente seu marido cor de arenque.

Caminharam juntas, no andar térreo, em direção ao jardim dos fundos. No jeito abstrato de quem mal acaba de se conhecer e pouco tem a dizer. Melissa, porém, conduziu a conversa com habilidade. E de repente, já se conheciam.

Fazia calor, porém Mingau de Aveia encostou a mão fria no braço de Melissa, puxando-a para um canto mais escondido.

— Posso confiar na senhora, posso?
— Pode.
Até a desconfiança poderia confiar em Melissa, se esta estivesse interessada nela.
A mulher olhou em volta, preocupada. E cochichou:
— Eles vão me matar! Vão me matar! Antes de terminar a temporada, antes. Não sei como, não sei...
Louca, imaginosa, ou apenas sincera, ela falava de modo confuso. Estava nervosa e muito excitada. Se Melissa demonstrasse incredulidade ou susto, possivelmente a magoaria. Escolheu então a frase mais lógica:
— Como é que a senhora sabe?
Mingau de Aveia inquietava os dedos, esfregando-os e entrelaçando-os, a cestinha de vime num vaivém balançado.
— A amante dele já chegou. Ela sempre chega dias depois de nós, nas férias. Mas desta vez escutei a conversa na extensão do telefone, antes da gente vir.
Suspirou e sacudiu a cabeça redonda, transformando o tom da voz, antes agressivo, num gemido choroso.
— Minha vida é tão sem graça... Talvez seja mais interessante morrer... Mas eu tenho medo é do modo que eles vão usar. Tenho horror a envenenamentos. Prefiro um tiro, porque, apesar do barulho, é mais rápido.
Disse tudo isto assim muito naturalmente, como se estivesse comentando ter horror a escalopinhos de vitela e preferisse costeletas de porco.
— Por que a senhora não pede proteção à polícia?
O tom de Melissa também saiu natural, embora se sentisse aturdida com aquele diálogo mórbido. Condu-

zido com tamanha naturalidade, dir-se-ia estivessem trocando receitas de bolos.

Mingau de Aveia limpou a garganta. Pigarro duplo.

— E adiantaria? Coisa alguma! Ninguém acreditará em mim, com os argumentos que ela inventa.

— Quem sabe, a senhora talvez esteja enganada quanto ao plano deles...

A voz, embora trêmula e inquieta, foi categórica.

— Não tenho a menor dúvida! A menor!

— A senhora tem filhos? Alguma amiga muito íntima?

— Nem meus filhos acreditariam... Fiquei sem crédito, depois do assassinato do meu querido Rosquinha. Meu querido Rosquinha...

Melissa desconfiou. A mente da pobre mulher devia ser também um mingau. Quis saber o triste fim do Rosquinha. Certamente um bom amigo.

— Amigo ele era mesmo. E que amigo! O melhor da minha vida. O meu gatinho que *eles* envenenaram...

— Oh! Sinto muito.

— A senhora não acha uma crueldade? Uma crueldade?

Melissa assentiu com gesto de cabeça. Realmente, não sabia o que fazer. Nem o que dizer.

A mulher falou com alguma dificuldade:

— E eu não pude impedir... Não pude...

Saltaram lágrimas de seus olhos, como se já estivessem há muito esperando oportunidade de se libertar. Ela tirou da bolsa um lenço bordado e assoou o nariz.

'Isto só lhe fará bem', pensou Melissa. 'Chorar ainda é o mais eficaz dos desabafos.' Após alguns minutos, tentou consolá-la:

— Não teria sido tudo um terrível engano?

Ela parou de chorar e respondeu, muito enérgica:

— Estou absolutamente certa! Absolutamente certa!

Melissa achou mais prudente pular, do gato, para a amante de Arenque Marinado.

— Seu marido parece muito sério, e está sempre junto da senhora. Não seria essa estória de amante um outro equívoco?

Ofendida, respondeu:

— Equívoco? Ele é um grande pilantra! Um pilantra! E imbecil, ainda por cima. Imbecil! Pensa que não dá para notar. Ele pensa. Já percebi tudo. Tudo. Aquela girafa com pretensões a sereia já chegou. Ela sempre chega dias depois da gente. Sempre...

Melissa não deixou de lhe admirar o pitoresco senso de humor.

Mingau de Aveia relanceou o olhar aflito para os lados e para o alto. Julgaria o marido e sua atleta capazes de subir numa das árvores para espioná-la?

Sussurrou, então:

— A primeira vez que eles tentaram me matar, foi com veneno de rato. Veneno de rato.

— Rato?

Melissa calculou quanto de arsênico seria preciso para eliminar aquela gordura toda.

— Foi. Ele me trouxe uma torta de chocolate, daquelas que adoro. Para não dar na vista, fingi comer mas joquei fora. Joguei. Não imagina o desapontamento dele! Não imagina!

Podia não regular bem. Mas que mulherzinha esperta e desconfiada!

— Depois, foi a sopa de cogumelos. Cogumelos! Logo percebi, os cogumelos só podiam ser venenosos. Deixei cair a terrina de propósito, no meio da sala. No meio. Ele ficou muito contrariado, porque era uma sopeira de família. De que adiantaria uma peça de museu no meu armário, se eu já não estivesse viva? Bem, pelo menos, ele nunca mais trouxe cogumelos. Nunca mais. Li numas estórias policiais sobre o tal de arsênico. O leite ajuda a neutralizar o efeito do veneno. Ajuda. Antídoto, não é assim que dizem? Então, desde que cheguei aqui, só bebo leite e tomo mingau. Só. Não facilito oportunidades... Não facilito...

Melissa olhava-a, perplexa. Mas conseguiu dizer:

— E seu marido é agressivo?

— Não, aí é que está. Quem vê não acredita. Não acredita. Ele parece tão equilibrado... Calmo, amável... Nossos amigos, eu sei, têm uma pena enorme dele. Uma pena enorme...

— Então, a vida da senhora deve ser um temor constante.

— Nem tanto. Não sou tola. Mas desta vez a *coisa* ficou séria. Ficou séria. Se não fosse aquele descuido deles ao telefone, nem ligaria ao namoro ridículo. Não ligaria mesmo. Já me acostumei e até me divirto com a ginástica que os dois fazem para me tapear. E sabe por quê? Um motivo muito simples: não o amo. A gente só sofre quando ama. Só quando ama!

Melissa começou a sentir um certo respeito pela mulher.

— Compreendo que eles tenham pressa. Muita pressa. Minha saúde de ferro, meu dinheiro. E aquela girafa está ficando velhusca. Os dois, aliás. Os dois.

Mingau de Aveia deu uma risadinha nervosa, fungou, assoou o nariz, e insistiu:

— A senhora vai me ajudar, vai?

— Vou, vou.

Imitou-a, repetindo a promessa. Se Mingau de Aveia precisava falar duas vezes, precisaria igualmente ouvir em duplicata para sentir certeza e segurança.

Subitamente a mulher aprumou o corpo, endireitou a cesta, mostrando impaciência e preocupação.

— Mas se eu for, ela vai também! Vai também!

O tom de sua voz possuía a força de um martelo. E esta frase ficou durante muito tempo martelando a memória de Melissa.

Mingau de Aveia manobrou as banhas na direção do corredor, com rapidez de fuga. Algo tinha vislumbrado que a assustara.

Cerveja surgiu enrolada num roupão felpudo. Melissa gostaria de conhecê-la e ouvi-la. Mas bastou encontrar-lhe o olhar duro e frio para congelar a sede de sua curiosidade.

Deu volta ao prédio, relembrando os detalhes da conversa. Seria Mingau de Aveia uma perseguida, correndo riscos reais, ou a desconfiança doentia transformava Arenque Marinado num assassino em perspectiva? Subiu ao apartamento, ansiosa de tudo contar a Pedro. Este continuava no mesmo sono em que o havia deixado. Foi preciso algum tempo para acordá-lo.

Bocejou, esfregando os olhos. Ouviu atento, apesar da sonolência.

— Cuidado, querida. Essa mulher deve ser *pisca*. É melhor não se meter nisto. Intimidades em hotéis de veraneio sempre são perigosas.

— Mas Pedro...

A voz dele elevou-se, ligeiramente irritada.

— Essas mulheres que andam falando mal dos maridos, quando os coitados trabalham o ano inteiro para proporcionar-lhes um verão agradável, merecem, todas elas, serem assassinadas!

— Pedro!

Melissa ficou desapontada. Imaginara um anticlímax de emoções e apenas conseguira aborrecer Pedro. Pior ainda, este voltara a bocejar. Não mais falaram no assunto, apesar dos resmungos dele sob o chuveiro. Provavelmente contra mulheres insatisfeitas e a favor de todos os maridos.

Saíram a passear na beira da praia, o assunto anterior já esquecido. Assunto novo eram a variação de tons do mar, e a maré desnudando as pedras, apinhadas de ostras. Foram andando, pulando pedras, sentindo a espuma branca respingar-lhes as pernas.

Já bem longe do hotel, um homem de barbicha grisalha pescava, numa concentração quase oriental. Tinha lançado a vara e esperava, espichando o pescoço vermelho e enrugado de peru.

Pedro sugeriu:

— Que tal apanharmos ostras amanhã?

— Boa idéia. Não sei por que não as servem no hotel. Vamos ajuntar uma porção delas e comê-las com limão e raiz forte.

O pescador entrou na conversa, mas sem se dar ao trabalho de virar o rosto.

— Esta ostra num presta. Por isso ainda tá aí.

Melissa gostava de explicações e detalhes. Porém só recebeu em troca da pergunta curiosa um lacônico e mal-humorado:

— Mata.

— Ah! São venenosas?

Ela não desistia facilmente. Nem o pescador.

— Já matou. E ainda vai matar muita gente teimosa. Igual àquela dona de hoje.

Cuspindo o fumo bem mastigado, fez uma careta que poderia ser um riso de mofa. E se escondeu na careta, sem mais dizer.

Pedro e Melissa acharam prudente deixá-lo tranqüilo, à espera de um peixe menos cauteloso do que ele. Voltaram sobre as pedras, ainda encontrando banhistas na praia em frente ao hotel.

O sol escorregava devagar num horizonte de rosas e roxos. E uma chalupa deslizava em sua direção, como se estivesse indo apará-lo.

Arenque Marinado jantou só. Melissa preocupou-se.

— Já deve tê-la matado e agora vem matar a fome, o cretino...

— Não desperdice a imaginação, querida.

— Não estou desperdiçando. Estou pressentindo.

Pela sala, espalhavam-se mesas vestidas de toalhas em cores alegres e nas paredes gravuras representavam paisagens marinhas. O piano, mudo desde o primeiro dia, continuava sufocado sob o xale de franjas, solitário. Os violões o haviam aposentado.

Hóspedes de idades e apetites diferentes, vozes e ruídos de talheres. E o cheiro gostoso da comida entrando pela porta de mola que separava a sala da cozinha. Só faltavam Mingau de Aveia e sua expressão macilenta, e o ar gélido de Cerveja. Aquela evidente ausência dupla dava o que pensar. Arenque Marinado parecia preocupar-se. Havia um nervosismo inescondível em seu gesto de levar o garfo à boca, olhando ansioso a porta e o relógio de pulso, simultaneamente.

— Atitude comprometedora...
— Hum?...
— Onde estarão as duas, Pedro?
— Sem apetite, é evidente, querida.

Arenque Marinado saiu, no andarzinho furtivo e quase despercebido. Melissa e Pedro saíram também pouco depois. Enquanto ele se afundava na poltrona do salão, preparado para gozar as delícias do charuto e da leitura, ela desassossegadamente pensava o que fazer. Pretextando buscar algo no quarto, esbarrou em Arenque, caindo-lhe nos braços do modo mais despropositadamente. Era a grande oportunidade, e nada conseguiria detê-la.

— Boa noite. Como vai a sua senhora? Não a vi durante o jantar.

Ele murmurou qualquer coisa, que tanto poderia ser 'vai bem', ou 'não está se sentindo bem'. Era o momento.

— Poderia ouvir-me um minutinho?

O homem aquiesceu, mais por uma questão de cortesia. Estava bem estampada em seu rosto cinzento a nenhuma vontade de conversar. Melissa conduziu-o à varanda e foi ela mesma quem o convidou a se sentar no canto deserto.

— Estive hoje com sua mulher e ela me fez uma confidência muito·séria.

O homem encarou-a. Seus olhos também eram cinzentos.

— Ela acha que vai ser assassinada, e me pediu ajuda.

Falou objetiva e direta. Se realmente o assunto assassinato estivesse sendo cogitado, o fato dele saber que alguém mais sabia talvez o amedrontasse. Frases diretas costumam evitar atos indiretos.

Ele fitou-a, desta vez menos cinzento, pois o susto o empalidecera. Conservou o silêncio prudente, que nem defende nem compromete.

Melissa procurou ser diplomática:

— O senhor sabe de alguém que lhe poderia fazer mal?

A voz dele era maior do que ele mesmo, e parecia mais forte.

— Não sou obrigado a responder-lhe, minha senhora. Nem lhe devo explicações.

Posava a dignidade de uma hiena, perdendo sua inofensiva aparência de peixe em conserva.

— Então, me desculpe. Se for preciso, falarei com a polícia.

Ele impacientou-se, embora procurasse dissimular qualquer sinal de fraqueza.

— Um momento, minha senhora.

Com a voz baixa e firme, no tom de quem iria dar aula de matéria difícil, Arenque Marinado instalou-se dono da conversa:

— Ofélia é uma mulher doente, minha senhora.

'Um sacrifício admitir isto', pensou Melissa. 'Deve ser tão orgulhoso que só em condições muito especiais confessaria tal coisa.'

Arenque Marinado aprumou-se, na preocupação de conservar-se acima de qualquer doença da família. Encheu os pulmões, estufando o peito. Precisava uma dose suplementar de oxigênio, para ocasiões especiais.

— Ofélia e eu somos casados há quarenta anos, minha senhora. Quarenta, considere bem. Sabe o que isto significa? Sensatez, equilíbrio e boa conduta.

'Marido essencialmente didático', pensou Melissa. Mas não argumentou, curiosa de mais depressa ouvir o resto.

— Temos filhos que já nos deram netos. Gozamos excelente situação econômica. Trabalhei muito e sempre pude oferecer à minha família conforto e luxo. Já viajamos bastante, e todos os anos tiramos férias de verão. Até há pouco tempo, Ofélia mostrou-se ótima companheira. Infelizmente adoeceu e daí advieram inúmeros problemas.

Baixou os olhos e cruzou os dedos, imitando a atitude humildosa de um beneditino.

E murmurou, em tom de prece:

— Adoeceu... da cabeça.

Relutara em dizê-lo. Mas daí por diante, foi fácil. Até o tom de voz soou menos carregado:

— Dói-me o coração mencionar a fraqueza mental de minha querida Ofélia, mas as circunstâncias assim me obrigam.

'Virei circunstância', pensou Melissa.

O silêncio dela estimulou-o:

— Tudo começou com o Rosca. Um detestável, execrável gato, petulante e atrevido. Ofélia o adorava. E de certa forma, ele acabou roubando o meu lugar. Tornou-se o dono da casa, miando ordens até para mim! O exagero de Ofélia talvez fosse o começo da doença, mas não percebi a tempo. Mimava-o, satisfazia-lhe os caprichos, e fixou-se nele de coração e mente. Passou a viver em função daquele maldito gato. Recusava sair comigo, para não deixá-lo sozinho. Então, comecei a sair sozinho. Estou certo de que ele não escondia o contentamento quando me escutava discutir com Ofélia para irmos ao cinema, ao teatro, ou aceitar convites de amigos para jantar. Quando ela recusava, surpreendi várias vezes um olhar oblíquo me fitando triunfante. Dormia em nossa cama. Tinha uma asma danada e me fez sofrer noites de insônia e revolta. A senhora compreende, não é agradável para um marido ver as atenções da mulher divididas com um gato! Demonstrei o quanto aquilo me ofendia e irritava, mas Ofélia não me deu a menor importância.

Usava minha água-de-colônia inglesa. Escondia minhas cartas de baralho... Sim, porque eu resolvi aprender a jogar paciência. Ele só não fumava meus cigarros porque não fumo. E não bebia meu uísque porque era alérgico ao álcool.

Agora, calcule a senhora o que padeci, quando aquele diabo disfarçado em gato resolveu se interessar por um programa de televisão idiota, BEM NA HORA DA MINHA NOVELA! Mudei de quarto, comprei televisão portátil, tranquei à chave a água-de-colônia inglesa, e suportei com estoicismo seu ar de gozação. Sabendo-se mais importante do que eu, o velhaco me desprezava!

Arenque não elevara a voz, nem por um minuto, mas suas bochechas e a ponta do nariz mostravam uma coloração arroxeada. Em outra pessoa o colorido de indignação seria certamente vermelho.

— Não parava empregada lá em casa — prosseguiu ele. — Rosca sempre implicava com elas, exibindo sua antipatia do modo mais pervertido e anti-higiênico. Nossos netos, adoráveis e buliçosos, eram sempre repreendidos pelos malfeitos que ele hipocritamente cometia, fingindo-se inocente. Resultado, nossa nora se ofendeu, nosso genro aplicou-lhe um bem merecido pontapé na traseira, tornando-se por isso *persona non grata*, e nossos filhos se afastaram. E eu, cada vez mais só. Meu único refúgio, encarcerar-me na biblioteca. E ele, miando de prazer do outro lado da porta, como se estivesse me insultando! Problemas com vizinhos e veterinários se sucediam que nem anúncios de televisão. Não sei como sobrevivi!

Arenque Marinado renovou o ar dos pulmões, com ligeiro chiado asmático, talvez herança do Rosca. Ocorreu a Melissa a idéia de que aquela semelhança com peixe talvez provocasse o gato. Prosseguiu:

— Até que um dia o malandro, já obeso de tão guloso, comeu *demais*. Alguma coisa, dada por ninguém sabe quem, despachou-o para o inferno dos gatos.

Melissa não pôde impedir um sorriso.

— Sim, minha senhora. Impossível não existir um, para os gatos que atrapalham a vida dos homens!

Melissa tinha a impressão de estar escutando uma estória para crianças.

— Ofélia teve um choque emocional fortíssimo. Acusou-nos de gaticídio. Todos éramos suspeitos. Família, criados, vizinhos, até os amigos. Desde aí começou sua mania de perseguição, julgando-se ameaçada de envenenamento. A mania ainda continua perseguindo-a até hoje, apesar dos médicos, remédios, análise... Foi internada, fez sonoterapia, mas o fantasma daquele gato diabólico conseguiu transtorná-la irremediavelmente. Veja a senhora: emagreci, tornei-me bilioso e introvertido. E ainda sou obrigado a tolerar a presença de uma enfermeira, que sempre nos acompanha discretamente a distância...

Melissa escutava, surpreendida. O relatório parecia satisfatoriamente convincente, apesar de absurdo.

— O senhor sabe o que Dona Ofélia pensa da enfermeira?

Ele franziu a testa, aborrecido e envergonhado, mas não escondeu:

— Sei. É um vexame!

E acrescentou:

— Devo lhe dizer, minha senhora, isto tudo é bastante embaraçoso para mim...

— Imagino. O que o senhor pretende fazer?

— Nada. Simplesmente esperar.

Melissa sentiu pena do homem.

— Peço-lhe desculpas. Se puder ajudar em alguma coisa...

Ela realmente gostaria de ajudar os dois, se fosse possível.

— Aceito as suas desculpas, minha senhora. Mas sou forçado a dispensar qualquer tipo de ajuda. Aliás, nossa temporada termina amanhã. Em casa, e agora sem a presença *dele,* tenho o sossego de minha biblioteca. Ofélia adora ambiente de hotéis, mas sempre se excita.

— Lamento muito...

— Por favor, não se lamente. Complica minha angústia. Ofélia não está muito bem, acha-se acamada. E o pior é que Dona Armanda também adoeceu. Uma intoxicação, parece... Felizmente ainda teve tempo de aplicar uma injeção de calmante em minha mulher.

Melissa despediu-se, desculpando-se mais uma vez. Deixou Arenque cinzento e pensativo e correu ao encontro de Pedro. Este já devia estar estranhando sua ausência. Tentou se desculpar, mas Pedro, sem tirar os olhos da leitura, perguntou:

— Que tal a entrevista com Arenque Marinado?

— Pedro! Você andou me espionando!

À noite, Melissa ainda prestou atenção para captar algum ruído destoante da paz noturna. Mas o hotel adormecera tranqüilamente, os hóspedes cansados e bem alimentados.

O sono demorou a chegar. Quando veio, trouxe um sonho engraçado: uma colcha de crochê fazendo ginástica e saltando do trampolim.

No dia seguinte, a pequena estória de pavor que Melissa escutara parecia uma anedota. Ela e Pedro se sentaram no terraço, à espera do café e da coragem para um mergulho no mar.

No pequeno cais do hotel, a lancha balançava, pronta para receber os passageiros. Poucas malas empilhadas na parte abrigada do barco, sobre uma caixa de madeira comprida.

Arenque Marinado mantinha um colóquio em voz baixa, sem quase mover os lábios finos, com o gerente do hotel. Este mostrava-se nervosamente atento, o rosto oleoso brilhando de suor.

Melissa analisava a cena, o rosto oculto pelo chapelão de palha e os grandes óculos escuros.

— O gerente está apavorado, e doido para a lancha partir. As olhadelas seguidas que dirige ao barco provam isto. E Arenque está muito grave e eloqüente. Mas os dois se respeitam.

Arenque Marinado entrou na lancha, testou com o lenço o assento para ver se estava dignamente limpo para seu terno de linho branco.

Melissa agitou-se na cadeira.

— Pedro, cadê Mingau de Aveia?

O marinheiro gordo viciado em coalhada e refresco de limão já estava pronto para puxar a âncora. Só esperava o sinal.

— Esfriando... Esfriando...

Melissa irritou-se:

— Pelo amor de Deus, Pedro! Não é hora de brincadeira!

— Mas não é este o refrãozinho que todas as crianças costumam choramingar, protelando o prato de mingau?

— É que você falou duas vezes, igual a ela...

— Está esfriando... Está...
Mas Pedro não chegou a terminar a frase.
— Pedro, é bem capaz dela estar esfriando mesmo, se já não estiver completamente fria. Repare naquela caixa comprida de madeira. Não, não diga com o que se parece. Mas ontem à noite Mingau de Aveia estava mal, acamada, tendo recebido uma injeção das mãos de Cerveja!
Pedro já recebera um relatório minucioso da conversa entre Melissa e Arenque Marinado, na noite anterior.
Naquele justo momento surgiu Mingau de Aveia sorridente e bem disposta, segurando no braço uma cestinha. Acenou para Melissa e atirou-lhe um beijo. Arenque ajudou-a a saltar para a lancha, o rosto muito cinzento, muito entristecido. Mingau alegremente sentou-se sobre a caixa de madeira comprida. Tirou de dentro da cestinha um gato sem cor definida, desses gatos malhados que sobram pelas ruas assim muito órfãos e muito famintos. Arenque viu o bichano passear sobre o caixote, mas não disse palavra. Ergueu então os olhos para Melissa. Mesmo através das lentes escuras, esta conseguiu traduzir a mensagem de revolta e desespero. O apelo de um pobre-diabo angustiado. Sentiu uma grande piedade dele, desejando de coração que aquele fosse um gato menos exigente, indiferente à água-de-colônia inglesa e sem preferências na televisão.
E Cerveja? Bem, segundo as próprias palavras de Mingau, ela sempre surgia *depois*. Certamente devia estar no quarto, arrumando a mala para a próxima viagem da lancha. Melissa teve uma idéia. Aproxi-

mou-se do gerente, que observava, pingando de suor, o barco afastar-se.

— Bom dia, Seu Giuseppe.

— Bom dia, *signora*.

O homem não tirava os olhos do mar.

— Tudo bem?

— Tudo bem, *signora*.

Ele diz uma coisa e pensa outra, percebeu Melissa. Está tão nervoso que nem procura disfarçar.

Foi andando e entrou no hotel. No balcão, pediu para falar com Dona Armanda. O porteiro do dia sorriu gentilmente e avisou que Dona Armanda havia deixado o hotel na véspera.

'Viajar à noite, intoxicada?'

— Ela não estava no 204? — arriscou Melissa.

— Não senhora, no 206.

Melissa agradeceu e subiu vagarosamente as escadas. No andar superior apressou o passo, e foi encontrar a porta do 206 aberta, uma criadinha ocupada em limpar o quarto.

— Trabalheira, hein?

A moça gostou de encontrar alguém que reconhecesse a quantidade de seu serviço.

— Só porque aquela dona de pescoço comprido teve uma dor de barriga, Seu Giuseppe me mandou desinfetar tudo. Bobagem. Queimar álcool no banheiro, jogar fora colchão e travesseiro. Já gastei um tempão neste quarto. E olha que não vou ganhar extra, a senhora pensa? Pois sim! Seu Giuseppe é unha-de-fome. Quem me deu um dinheirinho foi aquele magrelo, marido da gorducha. Ele não tinha nada com a estória, mas veio dar uma espiada hoje cedo, e levou a maleta que a dona tinha esquecido.

Melissa sentiu o coração bater mais depressa. Entrou no quarto e viu, jogadas numa caixa de papelão, um monte de conchas. Observou o fato, assim ao acaso.

— Vai ver, foram as ostras que deram dor de barriga nela...

E a arrumadeira continuou a limpeza, queixando-se do ordenado miserável de quem tão bem sabia arrumar.

Melissa desceu. Procurou Seu Giuseppe. Encontrou-o ainda com jeito de preocupação.

— Coitada, hein, Seu Giuseppe? Tão cheia de saúde...

O homem olhou-a, desconcertado. Limpou o suor da testa com o braço, mas os poros do rosto apressaram-se em fabricar mais gotinhas oleosas.

— Mas... Como é que a *signora*...

Fitava-a com olhos parados, muito abertos. E neles, uma indagação suspeitosa.

— Ele contou-me tudo. Mas pode ficar descansado, seu Giuseppe, não abrirei a boca sobre o acontecido. Afinal, o senhor e o hotel não têm culpa. Não havia ostras no cardápio...

Ele suspirou de alívio, mas permanecia desconfiado.

— Havia muito movimento na cozinha, e o garoto de recados entrou com a cestinha e pediu para arrumarem num prato e levarem ao apartamento de Dona Armanda. Na hora, ninguém se lembrou... Ninguém pensou...

— Calma, seu Giuseppe. O senhor não sofrerá prejuízo. Quem foi o médico que a atendeu?

O homem franziu a testa, unindo as sobrancelhas grossas e pretas num repuxado de surpresa.

— Mas Dr. Barreto é médico!

— Ah, sim... Naturalmente... E curou depressa a mulher dele, porque ela não estava muito bem, ontem à noite. Teria também comido ostras?

O sotaque calabrês cascateou um palavreado sem fim com acompanhamento de gestos:

— *Signora,* como é que *Signora* Barreto poderia ter provado as ostras, se ela só fazia tomar mingau? O mal dela era uma enxaqueca sem importância. Deve ter apanhado um pouco mais de sol. Curou mesmo sem ter tomado a injeção.

— Que injeção?

Ele coçou a cabeça, indeciso:

— Deve ter desistido, porque a arrumadeira acabou de encontrar uma ampola perto da cama dela.

Melissa interrompeu-o:

— Seu Giuseppe, como é que vocês conseguiram aquele caixote?

Ele revirou os olhos e sacudiu as mãos.

— *Signora,* foi o único que pudemos arranjar, assim provisório... Dr. Barreto achou melhor apressar tudo, pelo bem da nossa reputação. Foi muita bondade da parte dele. Já deu o atestado, e vai cuidar do resto. Parece que ela não tem família, mas trabalha com ele no hospital.

— E Dona Ofélia, ficou muito nervosa?

— Graças a Deus, nem ficou sabendo, *Signora.* Distraiu-se com o gato, e me fez o favor de carregá-lo daqui.

Melissa prometeu mais uma vez conservar o segredo para o bem do hotel, de Seu Giuseppe, e de todos. Acidentes acontecem, e não adianta alardeá-los. O homem agradeceu com exuberância de gestos e palavras, e continuou agradecendo enquanto Melissa se afastava, ao encontro de Pedro.

Descreveu-lhe o diálogo com o gerente do hotel. Pedro mostrava-se interessado, mas considerou que nada seria possível fazer, qualquer suspeita carecia de base. Se houvesse veneno dentro da ampola, já fora inocentemente removido pela arrumadeira. E talvez se tratasse mesmo de um tranqüilizante inofensivo. Quanto a Cerveja, se fizessem autópsia, a *causa mortis* apenas revelaria uma intoxicação. Se o empregado se lembrasse da pessoa que lhe havia entregue as ostras e mandado levá-las ao quarto de Dona Armanda, nada de mal haveria nisto. Ninguém é obrigado a conhecer ostras venenosas...

Melissa, olhando o mar, reescutava a voz do pescador:

'...*Esta ostra num presta. Mata. E ainda vai matar muita gente teimosa. Igual àquela dona de hoje...*'

Ao fim de algum tempo, observou:

— Mingau de Aveia mudou pra melhor.

— Sempre se deve mudar para melhor, querida. Mas mudou o quê? O marido, me parece, continua o mesmo.

— Mudou de moda.

Pedro franziu a testa.

— Não reparou, meu bem? Mingau estava menos mingau e, além de ter diminuído alguns quilos no peso,

mostrava-se muito refrescante, naquele vestido de crochê amarelado.
— Então conseguiu acabar o crochê. Ora vivas!
— Conseguiu o que queria...
Pedro indagou:
— E no que deu a sua preciosa dedução? A tal comilancia previu este final?
— Por que não?
Melissa empertigou-se, adotou uma seriedade necessária para o que ia dizer, e disse:
— Nunca mais ela tomará mingaus. Aposto que seus pratos serão apimentados e é bem capaz de introduzir o vinho nas refeições...
— Realmente, querida, cerveja não combinava. Arenques, para quem sabe comê-los, merecem a bebida certa...

Angra dos Reis
1970

∞

A CHAVE

A CHAVE

QUANDO explodiram no ar os primeiros fogos de artifício, Elisa recuperou a memória. Mas também recuperou a velha angústia. Lembrou-se do medo como ele era antes: úmido e pegajoso.

Mais fogos acabaram de rasgar a cortina espessa que lhe havia sufocado a mente durante um tempo dela desconhecido. O clarão incandesceu o próprio esquecimento, fez labaredas, devorando o resto da cortina. Voltara a ser ela mesma, e se lembrava.

Um outro verão, uma outra tarde quente, o sol esquecido de descer no horizonte. Também os sóis se esquecem...

Elisa levou as mãos aos ouvidos para defendê-los contra o barulho dos fogos e contra as vozes ansiosas pela libertação do longo cativeiro. Vozes acusadoras, mordazes, desafiantes. Cresciam, inflavam, aumentando tamanho e som. Ela colou as palmas das mãos nas orelhas, mas não fechou os olhos, curiosa de saber onde estava. Um jardim, e não havia flores. Só o gramado extensamente verde, onde algumas árvores ocasionais bordavam sombras.

Um outro jardim, e havia flores. Um outro verde, e havia árvores. A Terra esquecida de terminar a primavera, prolongando a duração da festa. A Terra, também ela pode esquecer.

Elisa comparou os dois jardins. Um se interpunha ao outro, ambos transparentes. O seu pensamento translúcido filtrava as imagens. Era preciso aprender a recordar.

Suas mãos caíram-lhe no colo, desistiram de repudiar o barulho louco e colorido que se abria em fogo, no espaço além. E seus dedos tocaram a chave. Uma chave pede uma razão. A razão de estar ali.

Elisa sentia-se um objeto. Gostaria de conhecer sua nova forma. Estaria gorda ou magra, jovem ou envelhecida? Há quantos anos?...

Tocou com as pontas dos dedos a cabeça, a testa, o contorno do rosto. Os dedos deslizaram-lhe pelo pescoço, as mãos se abriram durante segundos sobre os seios, o ventre, e bruscamente encontraram de novo a chave sobre o colo. Apertou-a na palma da mão. Conseguia relembrar a própria mão, trêmula, dando duas voltas na fechadura da porta do seu quarto. A última lembrança antes de mergulhar o pensamento na escuridão.

Uma velhinha de cabelo amarrado em coque aproximou-se, risonha e desdentada. Inclinou-se, beijando-a no rosto. Elisa sentiu espanto e ternura, sobretudo uma ternura enorme, ao receber aquele beijo.

— Deus te abençoe, Elisa...

Prosseguiu caminho pelo gramado com o andar manso que os anjos devem ter quando não usam as asas.

A infância. Os avós. Os anjos. Tudo tão longe...
O rapaz de rosto moço e franja caída na testa deteve-se junto dela. Agachou-se e acariciou a grama.

— Eu acho que sou do campo, Elisa. Gosto da terra e gosto do verde. E você?

E ela? Ah, que mistério tinha a velha casa de sua infância, rodeada de quintais! Elisa amava cada árvore, sabia subir pelos galhos grossos e folhudos, sabia roubar mangas e atirar lá de cima a casca macia arrancada com os dentes. 'Você volta, Elisa? Você casa comigo? Você não vai me esquecer, vai?' O menino de franja caída na testa, agachado junto dela, comendo fruta-de-conde apanhada no pé e cuspindo os caroços entre as muitas perguntas.

Não o esquecera, nem havia se casado com ele.

Um riso de mulher fê-la voltar o rosto. Era simpática e vestia-se também de branco, numa simplicidade de freira.

A Capela do Colégio e o canto morno e celestial das freiras. No verão, as túnicas brancas engomadas, o véu preso com o alfinete. Só puxá-lo e pronto, ficaria sabendo se as freiras eram mesmo carecas...

Elisa sorriu. Dava saudade relembrar o colégio. Parecia menos longe, no tempo. E fazia-se sentir mais *alguém*, menos *coisa*.

A mulher havia parado de rir e conversava agora com um senhor de bigodes pontudos e olhos bem separados. Também de branco.

— ...Foi uma vez só, Sr. Bento, que me lembre... Mas nesta agitação dos tempos em que vivemos, Sr. Bento, será tão grave a gente se esquecer?...

Sr. Bento não teve tempo de negar com palavras, mas sacudiu a cabeça. E ela continuou, sem revolta, apenas interessada em seu argumento:

— ...Sabe de uma coisa, Sr. Bento? Há falta de amor. Esgotou. Ninguém faz mais nada por amor. Só dinheiro, dinheiro... Gostaria de saber o que andam fazendo com o meu...

Deu mais uma boa gargalhada. Queixava-se, mas não fazia questão. Elisa gostou de ouvir os risos. Era como se muitas flores houvessem desabrochado ao mesmo tempo naquela extensão de gramado, onde árvores esparsas bordavam sombras.

'Bigode pontudo-Olhos separados' comentou:

— A senhora está certa. Eles é que estão errados.

Mas ela já esquecia o assunto da conversa, para descobrir Elisa.

— Olha só quem está aqui, Sr. Bento... Nossa Elisa.

Nossa. Elisa sentiu de novo a alegria de pertencer a alguém.

— Bom dia, dona Elisa. Prazer em vê-la com tão bonitas cores!

Ele era mais formal. E qual tivesse sido seu esquecimento, não desaprendera a beijar a mão de uma senhora.

— Não se preocupe com o barulho lá fora, Elisa. Ouvi uma das enfermeiras dizer que hoje tem festa na Paróquia...

As quermesses, as barraquinhas. O quentão, a batata-doce assada. O lugar nas quadrilhas, o vestido caipira de chita barata com rendinhas... Como era bom dançar ao redor da fogueira! Um dia ela fora menina, agora tinha certeza.

— Elisa, a enfermeira, disse que hoje é aniversário do Dr. Luís. Você sabia?

Não, ela não sabia. Nem tampouco quem era Dr. Luís.

— Elisa, guardei estes caramelos para você. Quando o bando de egoístas que é a minha família quer escapar de visitar-me, inventa caramelos. Já reparou, Sr. Bento?

— A senhora é que está certa. Eles estão errados.

Sorriu suave para Elisa.

— Você hoje parece muito triste. É verdade?

'Bigode pontudo-Olhos separados' mostrava-se preocupado. Ela também sorriu suave para o homem que confundira espanto com tristeza. Porque na verdade ela não se sentia nada triste. Apenas curiosa e admirada.

Uma senhora vestida de amarelo e avental branco acercou-se deles:

— Vamos para dentro, meus amigos?

Amigos. Dissera isso com sinceridade.

— Hoje depois do jantar vamos oferecer ao Dr. Luís um bolo de velinhas, e cantar parabéns.

Estendeu a mão para ajudar Elisa.

— Você está se sentindo bem, minha filha?

Minha filha. Elisa sentiu, de súbito, uma vontade louca de chorar. Queria mãe e pai assim mansos e carinhosos, preocupando-se com ela. Não os conhecera e deles carecia.

A sala de refeições lembrava um restaurante de hotel, decorada com bom gosto. Não havia hóspedes demais, distribuídos pelas mesinhas redondas. Mas todos se mostravam à vontade, alegres e cheios de apetite. 'Esquecer não tira a fome', pensou Elisa, observando-os. E começou a comer também, sentindo na memória dolorida o gosto da comida feita pela preta Gracinda.

Quando o viu, baixo, magro, os óculos de lentes grossas, ela percebeu de imediato que a segurança irradiada pela personalidade do homem era bem maior do que seu corpo. Tinha um jeito de sorrir que parecia dizer: 'Confie em mim, porque eu confio em você.'

A enfermeira aproximou-se e ele parou, escutando-a. Dirigiu os olhos para Elisa.

Devo estar diferente. Ela percebeu e foi avisá-lo.

Mas ele parecia muito natural, sem curiosidade, quando veio ocupar a cadeira vazia à esquerda de Elisa. Cumprimentou-os, sorridente, e abriu o guardanapo sobre os joelhos.

— Desculpem o atraso, uma visita me reteve além do tempo previsto.

Elisa observou o modo dele cortar o pão e molhá-lo na sopa. E observou também o nariz bem-feito e o queixo sulcado.

Sérgio era belo, mas tinha pontas agressivas no nariz e no queixo, que lhe davam aparência cruel.

Os jantares com Sérgio se sucederam, de repente, em sua memória. Esta parecia desenrolar um filme.

O silêncio tenebroso e absoluto pesando sobre a mesa, quase quebrando os pratos e os copos. E a censura, no olhar de Sérgio. Censura, sempre censura. De que, ela nunca tivera muita certeza. Talvez Sérgio a censurasse porque não a conseguira amar, e sabia o quanto ela desejava ser amada. Mas ele se fora.
Elisa suspirou de alívio.
— Feliz, Elisa?
Alguém se preocupava com sua felicidade.
O médico virou-se e sorriu.
As luzes se apagaram e dois copeiros entraram na sala segurando a bandeja com o enorme bolo. Todos se ergueram e cantaram.
Elisa sentiu alguém agarrar-lhe o braço e estremecer, soluçando:
— Me ajude, Elisa! Me ajude, por favor! Tenho medo do escuro...
Abraçou o pobre corpinho trêmulo. Não sabia quem era, mas alguém lhe pedia proteção.
Dr. Luís apagou as velinhas e foi aplaudido com carinho. Quando as luzes se acenderam, Elisa viu a menina ajoelhada junto dela. O médico ergueu-se tranqüilamente e ajudou-a a se levantar.
— Não faz mal se o medo voltou, Celinha. Ainda acabaremos com ele. Sabe quanta coisa bonita aconteceu enquanto estava escuro? Ganhei um bolo, todos cantaram e consegui apagar todas as velinhas de uma só vez...
Sorria com bondade, e a menina aos poucos foi relaxando os tremores.
O rosto pálido iluminou-se.

— Perto de Elisa não tenho medo...
Outra imagem interpôs-se entre ela e o rosto da adolescente. Elisa fechou os olhos para que não lhe vissem as lágrimas. Isso não a impediu de escutar a voz da irmã-tutora, o tom *staccato*, agressivo, talvez uma forma desajeitada de esconder a insegurança.

Celinha tinha medo do escuro, mas não temia confessá-lo.

A sala de estar recebeu-os, aconchegante. Poltronas nas quais podia-se repousar confortavelmente qualquer tipo de esquecimento. Cortinas claras, e o tapete felpudo. As cores eram macias. Havia um piano e uma vitrola.

Alguém não se lembrava mais de si, mas recordava Chopin. As teclas espalharam sons claros que poderiam clarear as mentes. Elisa olhou cada um dos companheiros de exílio, com a atenção de quem desperta entre estranhos e quer fazer de cada um deles um amigo. Rostos bondosos, descontraídos e inocentes. Rostos de mentes perdidas no tempo, mas que sorriam, aceitando a vida como tinha de ser. Nenhuma emoção forte neles se estampava. Não havia sinais de lutas íntimas, ambições, ódio ou dureza. Ninguém ali ousaria ferir alguém. Perdoariam quem os houvesse ferido, porque não se ressentiam e nada exigiam. E entretanto, Elisa sabia, eram pessoas que o sofrimento ou algum choque havia conduzido àquele mundo sem passado. Incapazes de participar do mundo além dos muros altos que cercavam o gramado extenso, só viviam o presente. Escutavam Chopin. Então bastava Chopin para alegrá-los. Todos muito sensíveis, porque só uma excessiva sensibilidade os tornara assim.

Antes de se recolherem aos seus apartamentos abraçaram-se com efusividade, como se fosse a despedida. E poderia ser. Alguns, talvez no amanhã, ali não mais estivessem. Bastaria um pequeno clarão na memória para restituí-los ao mundo anterior. Seriam mais felizes? Outros, mergulhariam fundo no vazio e Chopin simplesmente já não teria existido para eles na noite anterior.

Elisa viu-se observada pelo médico. Estavam sozinhos e ela se perguntava se ele realmente saberia. O velho medo úmido e pegajoso fora absorvido pela coragem nova. As vozes soavam-lhe na mente, mas agonizantes e abafadas. Não mais as temia. As imagens se dissolviam, névoas amorfas.

— Então, Elisa, alguma pergunta?

Seu próprio olhar teria sido o tempo todo uma pergunta?

O mundo de *fora* já estaria pronto para recebê-la de volta? E ela, queria mesmo ser restituída ao mundo?

Ele a fitava com agudeza mas havia compreensão por detrás das lentes grossas.

— E a chave, Elisa? Onde está?

Elisa contemplou longamente as mãos vazias.

Uma chave e a razão para que exista. Pode abrir uma porta e pode também fechá-la. Já conseguira atingir o direito da escolha.

— Quando foi que aconteceu?...

A voz do médico era tranqüila, mas direta. Não a forçava, não exigia confissões. Apenas queria saber *quando*.

E então Elisa soube que pertencia definitivamente à velhinha desdentada e risonha, à pergunta do rapaz que amava o campo, às gargalhadas rompendo flores na alma, à insegurança da menina que tinha medo do escuro. Ali, era amada sem ser preciso cobrar amor. Ficar ali, para sempre, oferecendo ajuda. Por que não?

Bastaria *esquecer* que se *lembrara* e continuaria salva.

Rio, 1968

SINHÁ DE AZUL

SINHÁ DE AZUL

SE o fantasma era de mulher bonita, então ele queria ver.
— O senhor tem coragem de namorar fantasma?...
— Por que não? Deve ser uma experiência fascinante.
O pescador benzeu-se. Não ele. Deixava o gosto estranho e amalucado para o homem da cidade.
— Você tem medo?
— Mas é aparição, Seu Dotô! Cadê corage? Nós nenhum tem...
— Medo de mulher... Vai ver, cada um de vocês é casado com fantasma pior!
Deu uma risada aberta, diante dos olhos muito abertos do velho pescador.
— Credo, Seu Dotô! Mas elas pelo menos tão viva. É mais melhó...
Ele havia comprado a casa e a terra, mas era da praia que mais gostava. Ali, descansava o corpo e o espírito, sem os ruídos e as exigências da cidade. E ainda ouvia estórias antigas da gente antiga do lugar.

O céu, o mar, tudo só seu. As gaivotas lhe acenavam e, apesar dos guinchos e voejos incessantes, na verdade eram tímidas. Quando o preto velho chegava de mansinho na canoa, trazia um peixe, uma ajuda, e uma lenda.

O dono anterior não lhe havia cobrado mais caro nem mais barato pela existência de um fantasma. Talvez nunca o tivesse visto. Ou simplesmente só existiria na imaginação dos pescadores, cheia de fantasias do mar.

Gostava de uma ilusão. Aprendera desde cedo o perigo de acreditar, e mesmo assim continuava acreditando. Era um romântico incorrigível. Quantas mulheres que havia amado seriam agora apenas fantasmas na sua lembrança?

— E ela aparece sempre?

O pescador olhou furtivamente para os lados, e cochichou:

— Ela só dá de parecê pra quem ela gosta. Muita gente num viu e fica sem creditá. Num vi, nem quero, cruzes!

Benzeu-se e beijou a santinha pendurada na corrente ao redor do pescoço. Depois, descobriu o fim da tarde, e foi-se tão manso como viera.

A primeira noite, ele esperou-a na praia. Certamente, fantasma de mulher não resiste à lua cheia. Acendeu um cigarro, sorrindo à idéia fantástica e desejando, no fundo, não fosse apenas uma idéia. Adormeceu na areia úmida, ao som dos insetos no mato e do gemido das ondas, subindo a maré. Mas ela não veio.

Na manhã seguinte, quando o primeiro raio de sol brincou nos seus cabelos grisalhos, o dia e ele acordaram juntos. O pescador apareceu, não querendo 'falta-de-respeito-de-perguntar', mas louco para isso.

— Olha, compadre, a mulher que aparece é invenção sua?

— Que o quê, Seu! É assombração mesmo. Até tem nome. Sinhá de Azul. Isso aqui tudo fazia parte da Casa-Grande e ela era a dona. Só andava de vestido azul. Uma boniteza. Sei de ouvir contar. O pai de meu pai adorava ela...

Então, Sinhá de Azul era muito antiga. Ele sentiu um calor também antigo percorrer-lhe o corpo e arder-lhe nas veias. Um calor que só sentira enquanto fora jovem. Gostou de experimentá-lo novamente. Sinhá de Azul. Ele a pegaria e a tomaria em seus braços. Seriam frios seus beijos? Conseguiria seduzi-la? Como seria fazer amor com uma aparição?

A segunda noite, esperou-a na varanda. Deitado na rede, desejou-lhe a presença, procurando-a na fumaça azulada do cigarro. Mas ela continuou ausente.

— Então ela veio, Seu?

— Veio nada. Ela não existe. Espero-a todas as noites, e nem em sonhos...

O velho pescador cuspiu o fumo que estivera mascando.

— Mas o senhor já viu uma Sinhá sair de noite, Seu? Ela fugia era de tardinha, pra encontrá o amor dela na praia. O pai de meu pai é que disse.

— Ah...

Não a esperou mais de noite. E todas as tardes ia se deitar na praia. Quando percebeu, estava enamorado de Sinhá de Azul. Sem aparecer, ela o acompanhava. Era bom pensar nela, recriá-la, inventar o enredo desconhecido de sua vida. Aos poucos, foi se apaixonando por uma mulher que não mais existia, e que jamais conhecera, mas cuja imagem esculpira na mente, com o poder de sua imaginação. Devia ter sido criatura maravilhosa, rebelde e cheia de coragem. Quem teria afrontado? Um marido ciumento ou um pai severo? E o homem que possuíra sua alma havia merecido aquele amor?

Deu-lhe os traços das mulheres que mais o haviam marcado. Cobriu-lhe o corpo belo e fugidio com um leve vestido azul. Fazia-a sorrir e beijava-a docemente. Adormecia abraçado com Sinhá de Azul.

— Então, já viu, Seu?

Não ousava mais negar. Se não a vira ainda, imaginava-a. A força de desejá-la era tão grande que ele a recriara. Limitou-se a sorrir para o velho. E este sacudiu a cabeça de algodão e sorriu também, um sorriso muito branco surgindo de sua pretura.

Naquele último dia, ele sentia-se triste e deprimido. Apegara-se aos encantos do lugar e considerava-se, agora, parte dele. Temia que Sinhá de Azul não o acompanhasse de volta à cidade.

A tarde subiu mais lenta do que as outras, o sol se despedindo e avisando-o que brilharia diferente longe dali. Festa de cores no poente. O céu, ainda vestido com o azul de Sinhá.

Sentado à porta da casa, caminhou o olhar pela aléia de bambus que descia a colina até encontrar a praia. Os últimos raios do sol formavam um feixe, que atingia diretamente o bambuzal. A brisa, puro mar e mato misturados. Feliz, ficar ali sozinho, sentindo a tarde.

De repente, ele a viu. Durou segundos a aparição. O vulto azulado oscilou no movimento da brisa, esgueirando-se com a rapidez da fuga, roçando os bambus e sumindo na praia.

Ela viera dizer-lhe adeus e agradecer-lhe havê-la recriado na mente. De alguma forma, isto a devolvera à vida. Quando se imagina algo ou alguém, eles começam a existir.

Ergueu-se, olhos presos na alameda de bambus balançantes. Pareciam acenar-lhe despedidas, tocados pelo vento leve. Ela já havia sumido, mas ele caminhou na ponta dos pés até o lugar, precisando da esperança. Precisando que ela voltasse. Ficou ali durante muito tempo, contemplando a praia deserta, lá embaixo, já coberta pelas sombras da noite.

Subitamente, compreendeu. O mistério o envolvera, mas acabava de se dissipar com a visão. Sinhá de Azul existira no tempo longínquo do pai do pai do velho pescador. E na força de amar a sua presença irreal. Mas não era um fantasma.

A refração da luz, tangida pelo vento da tarde, modulava os bambus, criando a figura de mulher correndo pela colina.

Sorriu tristemente. Quando fora preciso renunciar ao sonho, descobrira o segredo de mais uma ilusão.

Se o velho pescador ainda perguntasse, contaria a verdade? Talvez não. A crença era mais bonita.

Vivera uma fantasia, e mesmo na irrealidade reencontrara o amor. Aquele amor louco, ilógico e cheio de vibrações que o havia tornado jovem outra vez...

Itacuruçá, 1969

∞

A CRUZ NA PEDRA

A CRUZ NA PEDRA

Ponteando a virada do rochedo, a cruz na pedra. Não simplesmente uma cruz. Havia também a mulher sentada a seus pés. Parecia fincada, numa imobilidade que nem ventos nem chuvas conseguiam alterar. Não transparecia dor no olhar endurecido. Olhava além. Estátua feita de carne, ossos, sangue. E nervos, provavelmente demais esfiapados para se comunicarem com o cérebro. Sua pele lembrava o couro curtido pelo vento salgado.

Há quanto tempo ali estaria de sentinela, poucas pessoas saberiam. Os mais velhos talvez soubessem. As gerações seguintes, de ouvir contar. Maria, sem se dar conta, tornara-se a mulher da lenda.

As crianças gostavam de apostar maior coragem, espiando mais de perto a figura encostada na pedra. E à noite, ela passeava em seus pesadelos. Já os pescadores se benziam, porque ali estava também a cruz. Evitando entrar nos olhos da mulher, pelo temor de alguma sorte má.

E no entanto, ela já havia sido Maria, toda faceirices, dengos e cor. Usara saias de chita e loção cheirosa. Bonita e bem-feita, seu ar de fruta madura pronta para ser colhida no pé. Sempre rindo, corria na praia ou no mato. Possuía a leveza das gazelas, graças de garça.

Esfregava os dentes com a raiz só dela conhecida, para o branco ficar mais branco. Espremia o suco de romã e untava com ele o rosto liso e macio, para jamais enrugar. E benzia-se às sextas-feiras, aos cuidados da velha Comadre Etelvina, penteando os cabelos longos e negros, alisando-os com espinha de peixe pescado em noite de lua cheia. Fora a mais risonha e também a mais feliz Maria do lugar.

Havia o Tito, sempre dela apaixonado, não desistindo esperança de algum dia conquistá-la. Ele mergulhava à procura de coisas de valor no fundo do mar. Da Vila, o único que podia gabar-se de ter enfrentado as profundezas da Ponta do Demo, e descido metros e metros até o velho navio adormecido.

E o navio, grato pelo encontro, desejoso de devolver a riqueza que culposamente afundara, dera a Tito facilidades para encontrar as barras de ouro, sem dono mais certo do que o mar. Tito não era de explicações. Conservou o segredo dos detalhes, ficando assim o senhor da Ponta do Demo. Só ele sabia controlar a raiva das águas. Deve ter voltado ali mais vezes, escondido no segredo. Quantas barras de ouro, o que fez com elas, ninguém ficou sabendo. Mas uma ele guardou, para dar sorte. Dormia sobre ela, oculta no travesseiro, o quarto trancado a muitas voltas de chave. Enriqueceu rápida e naturalmente. Viajou algumas vezes, mas sempre voltou. E não saiu dali para cidade melhor. Maria ou a Ponta do Demo, ou ambos, prendiam-no.

Antônio só possuía uma canoa e um par de redes remendadas. Mas seus olhos faziam carícias sob as sobrancelhas espessas. E seu jeito desajeitado, sua altura encurvada e o riso muito branco ensinaram Maria a se apaixonar. Ela gostava de sentir o coração dele bater muito forte, apertado contra seu seio. E passar os dedos no cabelo liso de sua nuca, enquanto ele alisava os dela. Antônio transmitia desejo misturado com ternura, prometendo duração.

Casaram-se, logo depois de ele ter sido o primeiro homem em sua vida, na touceira junto à virada do rochedo. Tinha havido festa na Vila e eles dançaram e se olharam muito, ela sentindo o hálito de Antônio, o cheiro de Antônio, as mãos grandes e grossas tomando as suas e apertando-as. Afastaram-se até o mato escondido na noite, onde os insetos conversavam alto, para serem ouvidos acima das ondas do mar. Ficaram agarradinhos, enquanto a chuva caía igual e miúda, orvalhando o seu amor e lavando-lhes o pecado.

Maria continuou Maria. E Antônio, na canoa onde só cabiam ele, a rede e os remos, calculava o valor dos peixes em chita e perfume para sua mulher. Construiu a cabana no pedaço de mato onde havia possuído Maria. E ela brincava com sua casinha nova, como se fosse de bonecas. Perfumava-a com o aroma das folhas e espalhava flores silvestres pelos cantos. Quando as panelas brilhavam lambidas pelo fogo, seu rosto corado, gosto de romã, recebia o beijo do marido, mais ardente do que o fogo. Cozinhava para Antônio, cuidava de sua roupa, limpava, lustrava e relimpava os móveis toscos feitos por ele. Não havia horário. Maria conheceu todas as luzes da madrugada e todos os coloridos do crepúsculo. Se chovia, abrigava-se sob a capa velha mas boa de proteger, e continuava à espera. Pescador não tem hora, mas, se sua mulher tem amor, a chegada é festa, é aconchego junto às brasas do fogão crepitante de lenha. É contar coisas vistas no mar, é ouvi-las com carinho. É dar graças a Deus pela volta.

Se o vento voava forte, envergando os ramos das árvores e as hastes dos arbustos, e levantando o mar até junto a ela, não se sentava. Ficava de pé no rochedo, procurando na vastidão de água à sua frente. E o vento, mais forte soprasse, não conseguiria derrubá-la. Ao avistar a canoa de Antônio, aliviada, corria-lhe ao encontro.

Tito cada vez ganhava mais da vida. Menos Maria. Seu olhar cobiçoso a espreitava, quando ia à Vila com Antônio. Domingos, manhãs de missa, não conseguia rezar. Seus olhos se encompridavam até o busto firme de Maria e sua cintura delgada, querendo descobrir no sorriso e no brilho que se desprendiam dela o porquê de tanta felicidade. Marido pobre, uma canoa, um casebre. Era tudo o que ela possuía, para alegrar-lhe a beleza e a mocidade. Tito sentia o sangue formigar, e tinha dor de cabeça de tanto pensamento desencontrado.

Antônio sabia. Sempre soubera. No começo, importância não dera. Mas, aos poucos, foi ficando preocupado. Os peixes se tornavam sabidos e o dinheiro mais pouco. Enquanto Tito progredia, comprando o velho e único armazém e reformando-o, ele remendava as redes e tapava os buracos da canoa. Sua vida tornara-se um remendo constante. Antônio se inquietava com medo de Maria fazer comparação. E começou a sofrer ciúme, doença que também ataca pescador.

A sereia, então, cantou-lhe na idéia. A idéia de também enciumar Maria.

Ela, inocente demais para perceber a malícia.

— Viu sereia hoje, Antoninho? Viu mesmo? Conta como ela é.

Ele respondeu, limpando as unhas, olhos baixos pelo peso da mentira:

— Puxa, bonita toda vida...

— Mais bonita do que eu, Antoninho?

Ele sorriu.

— Ela canta bonito.

Maria não quis saber mais. Foi prender a roupa na corda. Antônio ficou contente. Ela ainda gostava dele.

Maria deu de cantar. Primeiro baixinho, experimentando a voz, cantava no alto da pedra, chamando Antônio. Espalhando canções ao mar.

Comadre Etelvina, doutora em benzeções e artes de tudo saber, descreveu e até desenhou uma sereia, escamas de prata e cabelos esverdeados úmidos de luar. Falou do canto que enfeitiçava. Marinheiros e pescadores sumiam, levados por ela. Seu canto alterava a rota dos navios e ela os puxava para o fundo do oceano. Muito perigoso, ouvir a sereia. Voz mágica, cheia de envolvência.

Maria, esperando o marido no alto da pedra, sentia agora uma preocupação diferente. Ventos, relâmpagos, trovoadas, mar picado, tudo isto trazia com pressa Antoninho de volta. Mas se a lua clareasse o mar, a sereia poderia surgir e cantar para ele.

Nas noites de chuva e respingos de mar, à espera de Antônio, este chegava cansado, molhado, sem estórias de sereia para contar. Queria o banho na tina com água bem quente, o prato fundo de sopa fumegante, o pedaço de pão e a cama, abraçado com Maria.

— Viu sereia hoje, Antoninho?

A voz débil tentando esconder o medo dele ter visto.

— Não, mulherzinha. Ela só aparece em noite bonita.

E Maria não gostava mais das noites bonitas.

Tito ia subindo na maré alta. Construiu casa de tijolos pintados e pôs quadros e tapetes. Só não pôs mulher lá dentro. Virou patrão de pescadores, comprando dúzias de traineiras e dando serviço bem pago. Até mandou chamar Antônio, mas este não deu resposta.

A pesca organizada rendia mais. Sozinho em sua canoa velha, precisada de trocar, Antônio sentia o prejuízo. Qualquer coisa parecida com temor e inveja misturados começou a germinar no seu espírito enfraquecido.

Mas para Maria, desde que a sereia não cantasse, enfeitiçando Antoninho, ela se sentia feliz em cuidar da roupa dele, preparar a comida, colhendo na pequena horta as verduras frescas, e apanhando nas árvores as frutas de que ele mais gostava. O momento de descanso era esperá-lo, ouvindo as gaivotas, e depois correr para seus braços.

Antônio sorria menos. Sentir ciúmes apaga sorrisos e cresce fogo na alma, um fogo que destrói. Sem saber a justa verdade, Maria e Antônio se ciumavam e se enciumavam, no medo de se perderem um ao outro. A imaginação fantasiava-lhes o perigo.

As chitas de Maria começavam a desbotar. E no vidrinho de loção, vazio há muito, ela colocava agora flor espremida. Contudo, não reclamava. Aquilo era tudo o de menos. O maior, seu amor e seu medo de perder Antoninho.

Antônio reclamava para si mesmo. Odiava o sentimento de insegurança em que vivia, temia sua própria pobreza, achando injusto lutar tanto para conseguir tão pouco. Se ao menos tivesse a coragem do Tito, e descesse ao fundo da Ponta do Demo... Mas afinal era um pescador, não um aventureiro de mergulhos. Fazia esforços para desprezar o Tito, mas acabava se desprezando. Tito usara a coragem, que o próprio Antônio desconhecia. E ainda havia o risco de perder Maria, sua única riqueza. Era mesquinho provocá-la com as estórias da sereia. Mas enquanto Maria sentisse ciúmes de mulher-peixe, que ele jamais vira em toda a sua vida, estaria certo de ainda ser amado.

Dia de compras na Vila, sua raiva subia à tona, ao ver a maneira janota do Tito se vestir, copiando gente de cidade grande, e o tom pretensioso de contar vantagens. Infelizmente, o único armazém era dele e o Tito se aproveitava, ostentando ruidosamente sua prosperidade.

Na única briga entre Maria e Antônio, o culpado foi um vidro de perfume, descoberto entre as modestas compras. Ao desamarrar o saco de farinha ele viu o frasco e mostrou surpresa, pois não tinha sido comprado. Maria não conseguiu disfarçar a decepção. Voltaram imediatamente à Vila, em passo de guerra. Tito recebeu-os com sorriso triunfante.

— Ora, uma lembrancinha para sua mulher, Antônio! Afinal, há muito tempo você não comprava.

Aquilo doeu. Antônio teve tonturas de ódio. Com o precipitado da volta, havia esquecido na mesa da cozinha o maldito perfume. Sentiu ímpetos de esmurrar o queixo petulante do Tito. Mais sensato, porém, nada fazer.

Retornaram calados, ela triste, o rosto escondido no xale, ele olhando a terra, torturado. Duas cabeças inclinadas, medindo o caminho.

Antônio procurava bem dentro de si o melhor modo de explodir a raiva e a revolta, para se sentir depois mais aliviado. Foi direto à cozinha, agarrou o vidro de perfume e correu para o rochedo. Aflita, Maria seguiu-o. Ele atirou ao mar o motivo da briga. Ficou feliz de ter feito aquilo. E teve uma idéia, ao ver as lágrimas no rosto da mulher.

— Presente para a minha sereia!

Sua voz afugentou um bando de gaivotas.

Maria mal agüentou andar até a casa. Aqueceu a janta, pôs a mesa e se encolheu na cama. Nem um minuto, porém, deixou de amar Antônio. Este, sentado no banco duro ao lado do fogão, pensava e repensava. Não conseguia comer. Já arrependido, mas orgulhoso, não sabia bem o que fazer. Se ao menos conseguisse mergulhar na Ponta do Demo, descendo até o velho navio já tão saqueado pelo Tito, talvez obtivesse alguma coisa de valor. Não era possível que o outro já tivesse levado tudo. Restaria algo bastante bom para ser transformado em dinheiro, o suficiente que permitisse levar dali sua mulherzinha, e recomeçarem juntos, sem Titos nem misérias.

Mas, para mergulhar, precisava de todo aquele equipamento do Tito. Não seria difícil buscá-lo, enquanto o outro dormia. Não roubo. Um empréstimo, apenas. Tomaria emprestado o equipamento e o devolveria, assim que tivesse terminado a tarefa. Por que não? Se aquele pensamento fosse pecado, pecado maior era perder Maria.

Debruçou o rosto desfigurado pelo cansaço sobre o rosto dela, úmido de lágrimas e adormecido. Murmurou, cheio de carinho:

— Gosto de você, mulherzinha. Meu mal é gostar muito. Nunca mais você vai chorar...

Abriu o armário e tirou do fundo uma garrafa de cachaça. Bebeu um gole. Depois outro. A bebida desceu-lhe quente. E os vapores subiram-lhe à cabeça. No torpor da semi-inconsciência que se seguiu aos poucos minutos de excitação, a *coisa* pareceu-lhe fácil demais. Abriu a porta, saindo em busca do impossível.

Ninguém entendeu a morte do Tito, naquela noite trágica de sudoeste forte, quando Antônio desapareceu para sempre no mar. O quarto do Tito exibia sinais de luta, e a pancada na cabeça fora feita com a barra de ouro que se conservava junto do corpo. O assassino se fora, sem levar o tesouro da casa. Mas o equipamento de mergulho havia sumido.

Maria esperou Antônio, de pé no rochedo, o dia seguinte inteiro. Foi se cansando aos bocadinhos, inclinada, perscrutando o mar. Acabou se sentando, sempre à espera. Emendava as noites com os dias.

Comadre Etelvina benzeu-a, levava-lhe água e comida. Outras comadres caridosas sucederam à Comadre Etelvina. Nos primeiros dias, nas primeiras noites, quem andasse pelo mato podia escutar Maria cantando. Lembrava o misterioso canto da sereia. Alguém mandou cimentar a cruz, para afugentar o diabo e servir de encosto à longa espera de Maria.

O tempo foi se renovando, igual às águas do mar. O tempo muda as coisas, para melhor ou para pior. Para ela, não mudou. Só Maria foi mudando. A solidão enrijeceu-lhe a doçura do rosto. O vento e o sol riscaram-no de pregas. Sua figura, quase confundida com a pedra, foi ficando, enquanto os outros iam indo...

Crianças cresceram, vieram novas crianças espiar a *doida*. Os pescadores se benziam, respeitando a mulher e a cruz. Maria, sempre à espera. Ela gostaria de fazer perguntas ao mar. Só o mar sabe a verdade. Mas não diz. O mar é sábio, misterioso e discreto.

No começo desta primavera, amanheceu madrugada limpa, céu liso, lua demorada. O mar, também estranhamente liso e tranqüilo. Alguns pescadores avistaram a cruz. Maria, ainda à espera de Antônio? Fixaram o olhar, porque faltava algo na paisagem. Não, não mais Maria. Simplesmente uma cruz.

Angra dos Reis
1971

∞

ASSOVIANDO PELA BOA SORTE

ASSOVIANDO PELA BOA SORTE

ENQUANTO os outros jovens corriam pelo tombadilho ou nadavam na piscina de água salgada, ela ficava sentadinha, tranqüila, livro nas mãos. E um sorriso sempre pronto para quem se aproximasse.

Os que melhor a conheciam lhe admiravam a inteligência e a simplicidade em demonstrar cultura. Alegre, conversava bonito, sabendo usar as palavras certas. Divertida, alegrava a todos com o seu entusiasmo. Era uma dessas raras criaturas parecendo sempre de bem com a própria vida.

Viajava em companhia dos pais. E a quantidade de passageiros e suas variações de horários os impediram de encontrar o médico até aquela noite. O casal comentou com a filha, em voz baixa. O rosto dela iluminou-se e seus olhos sorriram.

Após o jantar, ela entrou no salão de baile, caminhando a passos lentos sob a saia longa de veludo. Dirigiu-se à orquestra e trocou algumas palavras com o pianista. Depois, sem pressa, atravessou a sala, aproximando-se do médico. Este observou ao Comandante:

— Mocinha encantadora.

— Faz bem à alma de um velho marinheiro tê-la em seu navio.

Já estava perto deles e convidava o médico para dançar. Agradavelmente surpreso, ele aceitou, sentindo o inevitável orgulho da escolha.

Enquanto dançavam, ela assoviou a melodia. Ele espantou-se:

— Esta é minha canção favorita e também costumo assoviá-la.

A jovem parecia imensamente feliz ao dizer:

— Nasci ao som desta canção. Era o segredo do médico, para chamar a sorte. No meu caso, ela veio...

Ele parou, continuando a enlaçá-la. Procurava algo na memória. Costumava assoviar baixinho, durante os partos. Acreditava nos bons ouvidos da boa sorte. Por que não?

Os pais da jovem se aproximaram. Bastaram algumas poucas palavras. A emoção impediu quaisquer outras.

Horas mais tarde, no tombadilho, um velho médico que já ajudara tantas criaturas a surgirem neste mundo contemplava o céu manchado de estrelas. Eram tantas, mas sempre haveria lugar para mais uma.

O mar à sua volta estendia-se triste e escuro, mas os sulcos abertos pelo casco do navio formavam ondas fosforescentes. A natureza sabe compensar.

Seu pensamento trouxe a lembrança de dezoito anos antes. Aquele parto havia sido difícil, mas ele não deixara de assoviar pela boa sorte. A criança nascera quase morrendo, os distúrbios respiratórios tentando derrotar qualquer esperança de sobrevivência.

Porém, muito mais trágico: a natureza lhe negara uma perna.

Valeria a pena lutar para salvá-la? Assoviando pela sorte, tentara vencer o terrível conflito que lhe torturava a consciência. Diante daquele impiedoso esquecimento da natureza, só ele poderia decidir. Talvez a melhor forma de salvá-la fosse deixá-la morrer.

Mas ele era antes de tudo o homem que deve estar ao lado da vida, lutando por ela, com fé. Decidiu-se, afinal.

A partir do minuto em que estivesse salva, a menina entraria em novo campo de batalha. Só uma extraordinária força de espírito poderia ajudá-la. Mas talvez saísse vencedora.

E agora, após dezoito anos, a reencontrara. Não mais o pequenino e frágil ser. Transformara-se numa jovem muito segura de si e de sua posição na vida. Uma bela vencedora.

Bela, também, a maneira de demonstrar sua gratidão: dançara com ele.

Rio, 1972

∞

O RECADO DE BISAVÓ ISABEL

O RECADO DE BISAVÓ ISABEL

BISAVÓ Isabel, tipo de beleza jamais fora de moda. Sendo de todas as épocas, poderia ser uma beleza de agora. Belinha via e sentia isto quando a contemplava, imortalizada no enorme quadro a óleo do salão. A imagem, vestida de noiva, presa entre as paredes douradas da moldura, o sorriso e o olhar soltos pela casa inteira, acompanhando-a sempre, enfrentaram o tempo com vivacidade e não parecem feitos de tinta.

Sua elegância não é apenas o vestido que lhe cai drapeado pelo corpo esguio, tornando-a figura quase etérea, entre rendas e filós. É uma elegância saída de dentro, uma elegância de ser, realçada pela simplicidade. As mãos finas e brancas quase a sair do quadro para lhe fazer carinhos.

Antes mesmo de aprender a falar, Belinha aprendeu a olhar Bisavó Isabel. Lembrava-se das vozes inquietas chamando-a, e ela escondida no salão proibido de criança entrar.

— Belinha, onde está você, Belinha?...

— Deve estar espiando o quadro, na sala-de-visitas, vai lá ver...

Não se movia, enquanto não a fossem buscar. Era tão bom ficar a sós com Bisavó Isabel, olhando aqueles olhos grandes e verdes que lhe sorriam, sabendo o seu pensamento... E se ela fechasse os seus olhos também verdes, e pensasse fundo, com vontade de acontecer, Bisavó saía durante minutos daquele quadro parado e andava, graciosa, pela sala, roçando no chão a barra do vestido. Depois, vinha bem juntinho dela ajeitar seus cabelos com os dedos longos e finos. Belinha sabia, e se orgulhava: só ela conseguia tirar Bisavó dali, libertá-la, ainda que por alguns momentos.

— Belinha está ficando a cara da Bisavó, é impressionante...

Adorava ouvir isto.

— Também, fica a metade do dia olhando pra ela e a outra metade imitando-a...

Verdade. Desejava, com toda a força do seu querer, tornar-se igualzinha à Bisavó.

Já crescida, começou a perguntar. Todos sabiam, de modo vago mas belo.

'Mulher bonita e elegante', 'que personalidade', 'dava as mais notáveis festas da época', 'freqüentava a Corte parecendo rainha'. E sobretudo: 'Voz divina, como cantava!' Ninguém a conhecera, mas todos sabiam. Ninguém, não. Dr. Affonso fora amigo de Bisavó.

— E ela nunca ficou velha?

— Não. Morreu cedo demais...

Belinha se entristecia. A beleza não deve morrer. Jamais. E Bisavó Isabel nascera para ser jovem uma eternidade.

Dr. Affonso é tão antigo quanto a amizade que o une à família. Agora, parece mais antigo do que o quadro. Ele tem os cabelos de algodão, mas não se encurvou ainda diante do tempo. Belinha gosta de compará-lo a um desses ciprestes altivos mas tristes. Desconfia que todos irão e Dr. Affonso ainda ficará. Tem a solidez das árvores.

Ele sempre diz:

— Sua Bisavó ainda está viva. É uma lembrança de grande beleza. Está viva em você, Belinha. É impressionante a semelhança entre vocês duas...

Descrita por ele, Bisavó ressurgia, em plenitude. Abria o espaço e voltava, gostando de voltar. Fora a *Voz* das grandes noites, dos salões exigentes, do mundo fino e requintado de sua época. Belinha imaginava-a cantando. Devia se transportar naqueles momentos para um outro mundo, só dela e de quem a compreendia. Sabe disso, porque também canta. E embora seja uma profissional e cante para platéias que pagam para ouvi-la, consegue desligar-se da presença de todos e atingir o seu mundo.

Há muitos anos, investigou no sótão malas de roupas e fotografias. Tudo intacto. As duas gerações anteriores à sua não haviam sido curiosas. Tudo intacto, porém esquecido. Menina ainda, reviveu o passado, remexendo-o com ternura. E fez do sótão o santuário de suas descobertas.

Copiou do quadro o vestido e foram noivas parecidas. Antes de ser conduzida à Capelinha do jardim, foi exibir-se diante dela. Fechou os olhos, no antigo hábito de criança, e pôde sentir-lhe os dedos finos e delicados ajeitando o seu longo véu, que havia ajeitado uma vez, ela mesma.

Despertou do sonho, que parecia um transe, pela voz do Dr. Affonso:

— Isabel, você está tão linda...

Não ficou muito certa para qual das duas ele, emocionado, dirigira aquelas palavras.

Irmão mais moço da mais íntima amiga de Bisavó, conhecera-a desde menino. Crescera lamentando haver nascido tão depois. Uma dessas paixões de rapazinho pela mulher madura e atraente, de espírito tão jovem quanto a idade dele, e notável entre todas as outras.

Belinha nunca ousara perguntar-lhe, mas foi ele mesmo quem lhe contou. Seu sentimento algo tão precioso, mas tão impossível, que o ocultara sempre. Mas a mulher sente quando é amada, e Bisavó era inteligente demais para não perceber.

Há poucos dias, naquele mesmo salão, ele teve a coragem de dizer-lhe. Talvez fosse um recado de Bisavó, que participou em silêncio do diálogo, o sorriso emoldurado e os olhos pousados nos dois. Mas era a grande presença.

A cena fantástica de sua morte, em plena festa, entre os amigos, as flores, a música, a alegria. Recordação patética que fazia parte das tradições da família. O Bisavô sentando-se ao piano e ela desculpando-se baixinho, toda sorrisos, não poderia cantar. A rouquidão da gripe.

Bisavó temia a velhice, e mais ainda a desintegração do ser, o acabar aos poucos. O sofrimento lento que consome e destrói, consumindo também os entes queridos. Amava a vida, mas já que recebera o aviso, decidiu deixá-la em beleza.

Dr. Affonso contemplou Belinha longamente e depois fixou o retrato, como se estivesse pedindo licença para dizer:

— O médico estrangeiro fora bastante claro e sincero. Ela teria tempo incerto de vida. A doença, traiçoeira e fatal, já começara a atacar-lhe a laringe. Possibilidade de cura, nenhuma. Talvez algum milagre. Mas Isabel não se considerava merecedora de milagres. Chamou-me aqui, sentamo-nos onde estamos agora, e contou-me tudo. Eu era um entusiasta recém-formado. Mas senti que a medicina, naquele momento, não valia absolutamente nada. De que adiantavam os anos todos de estudo intenso, os livros, as aulas dos velhos mestres, se nada podia fazer pela criatura que eu mais admirava e queria bem? Ela foi muito objetiva:

— 'Vou adiantar-me à morte. Quando vier, já não me encontrará. Farei isto não só por mim, mas pelos que eu amo. Não sofrerão as angústias da espera. Não sei se isto é covardia. Mas o que é a coragem?...'

Ele suspirou, prosseguindo:

— Não a condeno pelo que fez. Nem pelo que me obrigou a fazer. Tentei impedi-la, mas esforcei-me para compreendê-la. Não seria um rapazinho quem conseguiria dissuadi-la. E já que o faria de qualquer modo, mesmo sem a minha ajuda...

As mãos do Dr. Affonso tremeram. Belinha escutava, comovida e em silêncio.

— Isabel queria morrer no esplendor, sem inspirar piedade. Temia a compaixão dos outros. Ninguém jamais soube, só eu. E agora você... Seria injusto se não soubesse. Você sempre a venerou.

Dr. Affonso já não parecia o altivo cipreste. Curvava-se diante do passado, igual ao salgueiro debruçado sobre um riacho.

— E então, ela pediu-me o veneno...

Seria aquilo tudo um recado? Esperou que ele tivesse a força de continuar:

— Tomou-o durante a festa, entre goles de champanha. Aproximei-me e ficamos nos olhando, à espera. Seu sorriso não era triste, de derrota. Pelo contrário, havia nele o brilho do triunfo. Era a dona da festa e esta refletia sua própria vida. Quando chegasse ao fim, a festa estaria também terminada. Morreu em meus braços, sempre sorrindo. Sorrindo gratidão, eu sei. Senti-me um criminoso, ao assinar o atestado de óbito: colapso cardíaco...

A voz dele soou, amargurada:

— Ainda me lembro de sua resposta, quando lhe perguntei, na véspera: 'E Deus, Isabel? E Deus?' Ela sussurrou-me, e parecia tranqüila e conformada: 'Deus já sabia disto há tanto tempo...'

Dr. Affonso ergueu-se com dificuldade e ficou contemplando Bisavó, que ainda lhe agradecia, no retrato.

— Sou *Doutor* Affonso, Belinha. Mas nunca cheguei a ser um médico. Abandonei a carreira antes mesmo de iniciá-la. De que adiantava?...

Ela chegou mais perto dele. Era preciso chegar bem perto, porque ela já estava quase rouca.

— O senhor é meu amigo, Dr. Affonso. O senhor gosta de mim. Ontem à noite, estive aqui pedindo socorro a *ela*. Reza-se diante de Jesus, da Virgem, das imagens dos Santos. Eu me acostumei a rezar, conversando com Bisavó. Era assim no tempo do colégio, antes das provas. Foi assim na véspera do meu casamento e antes das grandes decisões. Ontem fiquei aqui a noite inteira, pedindo coragem. Ela sorria para as minhas lágrimas, tentando secá-las. Seus olhos verdes também tentavam encorajar-me, pousados em mim, igual duas esperanças. Quando fechei bem os olhos, senti sua presença e seus dedos longos e finos acariciando-me a cabeça que doía tanto... Por isso chamei-o hoje. Preciso tanto do senhor!

Ele segurou-lhe os ombros, perplexo.

— Não, Belinha, não é possível...

Ela sussurrou, apenas:

— Por que não?

* * *

Agora Belinha está pronta para enfrentar a sua última festa. Não conhecerá olhares de piedade, nem mentiras caridosas. Já não pode cantar, mas que importa? Seu vestido é lindo. 'Dr. Affonso, qual era a cor do vestido dela? Ainda se lembra?' Ele sempre se lembraria. Nunca se apagara de sua memória a triste mas bela imagem do vestido malva.

Belinha conseguiu disfarçar a palidez e as olheiras sob a maquilagem. Há pouco, o espelho olhou-a, espantado.

O que é a coragem? Continua sem saber.

Dr. Affonso se aproxima. Pobre homem, parecendo árvore — duas vezes quase abatido, mas ainda de pé. Fez tudo para dissuadi-la. Mas ela é igual à Bisavó. Sabe querer. Seja a coisa certa ou errada, é ela quem decide. Vai tomar a taça de champanha. Também sorrirá gratidão ao fiel amigo...

Bisavó Isabel olha-a, triste. As lágrimas brilham nos seus olhos ou nos dela?

E Deus, Bisavó? E Deus?

É a primeira vez que vê seus lábios se moverem. Agora que já não pode mais falar, empresta-lhe a sua voz. Talvez a esteja devolvendo.

Deus já sabia disto há tanto tempo...

Rio, 1971

∞

ESTA OBRA FOI COMPOSTA PELA
ARTESTILO COMPOSITORA GRÁFICA
LTDA. E IMPRESSA NA EDITORA
VOZES LTDA., PARA A EDITORA
NOVA FRONTEIRA S.A., EM NOVEMBRO DE MIL NOVECENTOS E
OITENTA E CINCO

Não encontrando este livro nas livrarias, pedir pelo Reembolso Postal à EDITORA NOVA FRONTEIRA S.A. — Rua Maria Angélica, 168 — Lagoa — CEP 22.461 — Rio de Janeiro